想象另一种可能

理
想
国
imaginist

天 珠 传 奇

费滢 著

北京日报出版社

目 录

行则涣

1

时隔这么多年，我还是一个小小的古玩商，意料之中，因为我是个一事无成的人。年轻时，大可把一事无成当作一种值得炫耀的状态，但上了岁数，晃膀子就是罪过了。放金翅鸟的人没上过一天班，养过三只金翅鸟，依次死了，第一只能飞出去，一下子啄住你丢出去的小米；第二只，你将一枚铜钱放在手背上，再猛地一拍手腕，铜钱翻转着落下，蒙住了，它能猜出正反面，问怎么猜，哎，用鸟嘴抽纸牌；第三只呢，什么都不做，含情脉脉站在肩头，鸟头跟着动作转，亲得很，养到这个程度，就不追求表演了，天知地知，鸟知人知。三轮过了以后，放金翅鸟的人改养绣眼啦，可能是寂寞了，我们这个城市里，养绣眼画眉的占大多数，托着笼子互相打声招呼，鸟笼往那根相熟的树枝上一挂，打牌聊天喝茶。放金翅鸟的人总不能一直站着往天上丢小米吧。跟人打牌呢，人家老以为金翅在帮他偷看牌……还没完——没上过一天班，没有工作里的朋友，放金翅鸟的人喝了口农夫山泉，继续讲，凭着金翅也交不到鸟友，你看，养鹦鹉的和八哥的又不同，鸟自说自话起来，不用你开口。我点点头，这就是晃膀子的恶果吧。

放金翅鸟的人遂去打牌了，我听见有人笑话他：这你就不行了，绣眼得羽毛紧紧的，越养越小，越养越精神，这只羽毛松的，不说我还以为是老母鸡呢。放金翅鸟的人没生气，反倒笑了，心里只有攒蛋。

人上了岁数，无论吃什么样的饭局，参加什么样的聚会，总不免攒蛋，这是我的最新发现，说明我身边也有了群上了岁数的人，而他们也总问我，还在晃膀子？我不好意思回答，含含糊糊嗯一声，在一旁喝下许多大麦茶，攒上几局，便要开饭了。不过这次呢，有个同行在，我是一个小小的古玩商，他也是个小小的古玩商，虽然我和他都上了岁数，却也都不攒蛋：我算不过来，他则是怕赌怕抵押怕输。可能是输过什么大东西吧。

所谓小小的古玩商，就是经常跑地头的人，又叫一二线，盘剥一道，赚钱只够吃饭，稍微多花些银子便很吃力了，买件好东西觉得烫手，压着吃不消，仓促出手又不上价，在别人那儿是得宝一件，喜悦得睡不着觉，爬起来赋诗一首；而我们呢，翻来覆去，一夜无话，总在两难中。一旦人在黑暗里体会过那种徒劳，像把捡来的小石子从左边的口袋移到右边的口袋，难免会流露端倪，比如，一场饭局中最无聊的就是旋转玻璃桌上的八个冷菜，而我总是按着筷子，有点跃跃欲试，果然，这时大宝也开口了，看，有正宗的菱塘盐水鹅。大宝就是另外一个小小的古玩商，这是花名。如果人发达，大概名字后面就会有"哥"或者"爷"，被叫作大宝不是什么好兆头。大宝快六十了，想无可想，附庸风雅刻了一方章子，算是定了这个名号，他还撺掇我找一方好封门青，我连连摆手。说话间，开局与敬酒环节已过，菱塘老鹅挑了胸脯、腿与翅膀，切了码得整整齐齐，一定是今日现做的，肉粉红色，盐卤结成晶莹的冻子，还撒了蒜末，有人动了筷子，圆桌子转啊转地来了，我二人也顺势吃起来。

本来我回故乡就是为了混一日算一日，找了个熟朋友，安排住在庙里，早晨五点和尚们喝粥，做早课，我睡得晚起不来，赶不上。午间敲磬放饭，滋味也不错，但总是炒白菜辣椒豆腐丝也吃不消。晚上要是有别的可吃，那是再好不过的。庙分前门后门，前门插了面五星红旗，白天有和尚当班，卖香花券。后门人少，只有个看门的，抬头的石头匾上写了四个弘一法师体的字：莫向外求。每次打下面过，都忍不住在心里讲：嘴馋了，只好外求了！有时碰到同住的居士或香客（庙里时不时会做道场，一般都是水陆道场），都是些面慈目善的阿姨，讲地方话，挺热闹，手上提了一大包金银箔纸，饶是如此，她们总是看穿我心思似的投来谴责的目光。夜深了，还能听见她们边折元宝边聊家常。庙里有股香火混着烂木头味儿，虽然大殿是找了大布施新修的。在这个气味里睡觉，人很安稳，但不知为何，饿得格外快。熟朋友名叫同华，我和他开玩笑，你这个华就是大方等陀罗尼经里华聚菩萨的华。他劝我趁机在庙里静静心，还打起了机锋，问，如如不动怎么解。如如来那么一动不动。但他知道我不是那种进了庙就读经参禅的人，也就淡淡提醒一句，别把酒肉带进来。我这次外求的酒肉还是他带领的呢。

上次见大宝还是在上大学时，听说他是此地最大的铲地皮，特地去他家瞧了瞧，一般古玩商都喜欢把东西藏在家里，一个盒子一个盒子地从架子上、床底下拿出来。可惜当时他看我是个学生，不太瞧得上，为了打发我，价也报得很高。一个小院儿，一个堂屋，两间厢房，都塞得满满当当，以家具杂项字画为主，桌子上还搁着几方抄手砚。一进厢房，他就把网瘾儿子从床上赶下来了。那儿子可能刚上初中，本来瘫着一动不动，脚旁放着一碗半凉的鱼汤和一盘并住的面条，眼珠子只盯着电脑，看不见人。大宝伸手拽他，嘴里喊着起来起来，他慢慢爬下床，端着屏幕又蹲在椅子上了。各有痴迷处，大宝也根本不看儿子，自顾自展示起物件，那是一个夏天，外面明晃晃的，一跨入屋檐里面，便感到湿气和冷气，霉味极重。那时我也刚在地头上活动，也是这么进到别人家，差不多的气息，同样的明暗分界，似乎进入了另外一个世界，幽暗陈旧堆积如山，累计人生活的痕迹，遂忍不住看向桌子椅子的底部，磨损的木腿和积着灰的榫卯处，只有这样的地方让我不困倦。

2

我和故乡的联系非常松散，除了知道它处于里下河地区和零星的几个地名以外，相关记忆也所剩无几，很像偏头痛发作时在前额某个区域里窜动的电流，一闪而过，难以捕捉。痛是种泛泛之感，电流处于痛的下一层，让痛的质地反而显得遥远，甚至与我无关。电流过处好似微风拂过，回过头什么都没有，的确，我所追赶的虚有之物已被我轻易超过了。傍晚时分我走上里下河村庄由南向北的一条小路，家家户户都生火做饭了，黄豆秸在炉灶里噼啪作响，收黄豆的季节未过，砖路上仍铺着一些带豆荚的枝子，等待行人与车辆压过，豆子跳落于缝隙中，人们再把它们收扫到簸箕里。这噼啪的火也香，可能是遗在豆荚中的零星豆子炸开了。我向前看，复又向后张望，夏末红彤彤的空气是火的聚落，到处都是火，田正中的坟包，树影，沟渠，渠中的水葫芦笼在影中，颜色变得极深，也摇晃得更厉害，我晓得天要黑了，天空一角已落。这时走来了数来宝的人。他嘴里唱着词，见我在路中间走着，便立于一旁，再走一里路有火，他说，火在我后面，在你前面呐。

奶奶突然由屋子后面探出身来，唤我吃饭，这一喊耳朵里的水波便消失，火的影子也静的似的。数来宝的人有根长棍，棍子上扎了串白的粉的纸花，他头上也戴着个花帽子，又开口唱了段吉祥话，伸出手讨钱。奶奶往他手里放了些什么，拉起我就走。天黑了，红色消退，青虚虚的凉气快要升上来，半空中那种噼啪作响的、热的杂声被几声鸟叫打破了。奶奶的手已有老人的触感，我突然变得极小，变成十岁前的模样，从小路上下来，跨过一座沟渠上的小桥，走入后门。

现今这所屋子已空，甚至门口也并没有小路，田在较远处，乡村如幻象一般。它分明又在，只是荒废，原来居住的一部分堂屋与厢房已出售，左手边有一面新封的墙。人只要稍微动作一下，就会被从屋顶垂下来的蛛丝缠住，却不知这蛛丝有什么用，蜘蛛在哪儿，它也是灰尘变的一柱绳，轻飘飘悬于虚空。仰头看屋顶处磨砂玻璃天窗，恍惚阳光是虚的，像是被段无头无尾东西覆上了，只得无奈地拍打一番，搓搓手，手里的丝又复原成一粒灰。屋子里剩下一只大樟木箱，一方破桌子，一个半新不旧的豆绿色坛子，若是以古玩商的眼光来看，这些只算旧货，最多不过百年，尤其是那口坛子，村庄里每一家都至少有一个，是专门用来盛酒的，大麦烧，绿豆烧，米甜酒。我饶有兴味地翻看了一下它的底部，职业习惯，看看是否有烧造的戳记。我又揭开那只樟木箱子，箱子中有一组照片，确实是十岁前拍摄的，上面有我的爷爷奶奶、爸妈、叔叔婶婶、姑姑姑丈、堂弟堂妹，表弟尚未出生。拍摄于乡村影楼，底片仍在，这照片像是新放进去的，倘若果真如此，那一定是我爸放的。他一向喜欢在这只箱子里放上一些东西，一封信，旧搪瓷缸，几张不知何年的报纸，一把蒲扇。因为这只箱子是我家最古老的物件，再之前的，可能更老的，已统统消失，就连脚下青砖或许都没那么大年纪，它是我奶奶的陪嫁之一，作为我们可以触及的最早的那个点，它理所当然成为之后一切记忆与痕迹的收纳之所，又可反复取出或归置，在记忆修改重申甚至翻新之时。当然，它也可能只是我爸的设置，只是每一家都会有一个的普通樟木箱。

故而当大宝问及我在乡间有什么收获，我两手一摊。

旧货与古董是截然不同的概念，有些人认为器物拥有岁月痕迹后便自然有了美感，可能是误解，器物之所以成为古董，因它原本就是艺术品，时间只呼召审美罢了。人的痕迹颇具迷惑性，尤其由时间呼召而来。矛盾之处在于，审美时，会自然地排除人的痕迹，甚至是将器物成型当作是某种神来之笔。当然，古玩商不会想太多，判定标准只在于旧货价格比较便宜，而古董价格比较贵。如果过于较真，就又会问啦，古董与当下制造出的艺术品又有什么不同呢，是不是时间，所谓人与器物共同经历的时间自有其价值，抑或器物的制造与使用分明是不同层面的人的痕迹，时间既允许了痕迹又呼召了精神？玩奇石的人曾与我说，奇石是最高级别的玩，想想米芾拜石，师法自然，师法造化，数亿年非人工的艺术品。我又问，那为什么要玩呢？一旦收集，摆放在房子里，难免又留下了人的痕迹。一九九八年南京大水前夕，我刚学会骑自行车，逃学在城中晃悠，我从广州路的大坡一路向下，路过乌龙潭公园，抵达清凉山，扫叶楼那会儿已承包给了私人，变作茶楼，后面新开了奇石市场，玩奇石的人摆了个小摊，教我看一只蛋样的雨花石中有一只蛋样的太阳，如果放在水里，太阳便摇动。看了一会儿，觉得无聊，就继续向前一小段，山的味道扑面而来，紧跟着就是垃圾的味道，清凉山垃圾中转回收站，食物腐烂，电机漏出机油，金属丝生锈，旧纸张霉烂，我跳下车，翻找着二极管，想要自己拼装收音机，那时我超迷收音机的。与我一同翻找的还有个收旧纸的人，他手上沾了许多油墨，把某家老人生前按照时间顺序收集的剪报弄得乱七八糟。这都是些不值钱的东西，他说。我们扎进无数痕迹里。

3

当夜刮了大风，宝塔铜风铃丁零丁零作响，两只野猫怪叫，紧接着叭儿狗也叫。庙里的小床堪称舒适，床单被褥与僧服一致，都是杏黄色，白日天晴，居士们义务劳动，拆洗晾晒，本来就有点刮风预兆，满院像是幡动。现下当居士必须持有居士证，我也不便插手他们的劳动修行，只站在二楼瞧着，见知客僧将叭儿狗带到看门人屋里去，又借了个拖把，闷头在太阳下走得很急，问了才知道，下午几个大施主来，开着空调，喝着茶，正谈事情，叭儿狗摇着大尾巴一会儿嗅嗅佛手，一会儿蹭蹭盆栽，犹觉得无聊，抬脚撒了一泡尿。这狗大大眼睛大大眉头大大嘴巴，小狮子似总扭屁股，和尚们都喜欢它，故而并不会因此事挨打。知客僧后来悄悄找我，说施主布施了个大香炉，讲是老的，请我过去一趟。

庙里颇有一些好茶，几个大和尚偶尔也收收礼物，倒无可厚非，自古以来皆是如此。这两年念珠比较流行，无论僧俗都有个几串，我建议他们如果收到太多便结缘算了，尤其是假奇楠珠子，药水泡的，闻着头疼，不如拿到大殿上供着驱蚊。有一本经可供参考，叫作佛说校量数珠功德经，细说每一种材质数珠所得福报之不同，最差的是铁，五倍福报；其次是铜，十倍福报。大家都说金刚菩提可以修金刚密法，经里叫乌嚧陀啰伕叉，其实就是梵文的Rudrāksa音转的，福报还不如水精，也就千万倍，水精念珠少见，是万万倍。最厉害的属菩提子，诵经一遍其福无量。不诵经也行，只要你戴着别摘，就能有福报。知客僧一般都是大和尚找的伶俐人，打趣道，菩提子也分凤眼菩提、星月菩提和草菩提呢，都是一样的福报啰？我也忍不住笑了，反正别找藏式念珠就行，计数器啦，老卡子啦，擦擦啦，嘎乌盒啦一大堆。——对对，汉密不分，念珠一百零八颗，五十四颗，二十七颗，十四颗，都有数，但十八子手串确实莫名其妙。虽然我们庙里的法物流通处也卖十八子。我又打趣，那是什么材质的？他叹了口气，檀香，以后都卖菩提子，其福无量，不可算数，难可较量！

说话间走到会客的偏院，大大小小盆栽就有不少，小的是金线菖蒲，大的是日本买来的百年树，修得极好，还有数十盆兰花。知客僧叹了口气，菖蒲爱水，盆栽要维持其形；兰花最麻烦，是一个中学老师托于寺中的，太干了也不行，太湿了也不行，不能不晒太阳，又不可晒太久。果然，抬头见空中支起一层细黑网布。兰花须得时时挪盆，隔三差五就得喊几个小和尚搬动一番。目前已过了花季，紫砂盆中只有细长深绿的叶子，如果是冬天转春的时分，要将它们移入房中，随即便会开花，一些安徽的野生品种，花是荧荧的绿色。我点点头，有种微微蓝色的，黑暗里会发光。知客说，的确如此，你也见过？我没再说话，因为只见过一次，叶子与花像是光线生成的，明暗勾勒其边缘，蓝色极为柔弱，吹口热气就会谢了吧。可我忍不住伸出手，在花瓣上留下一个黑色指印。做完便偷偷离开了。

大香炉搁在高几上，其中已布了些干净的白香灰，知客僧点了三支老山檀，一股凉味弥漫开。我坐着等香烧完，这样才能把香炉托起来看看底，突然倦意来了，转头一看，叭儿狗也回了，正在琴桌下昏睡，半截舌头吐在外面，狗肚子一起一伏，甚乖。香炉是青花瓷的，发色细腻，颜色也清淡，底子较白，参照大小制式，是明显的康熙青花风格，不过也很难说。傍晚天可暗得真快，眼看就要起风，烟气本来直直往屋梁上去了，突然抖了几抖，云似的朝旁扩去，终于烧完。一瞧香炉底子，果然是光绪仿的康熙青花。我这一说，知客僧略有些不悦，可大和尚讲是康熙。我想了想，领首道，真要这么想也行，本身仿作就是要让你认为它是嘛，况且并非真假之分，只是年份问题。知客僧挠了挠头。一时二人无话。

我又一转念，出门挨个儿研究兰花盆，挪动时，几只鼠妇与长虫匆匆爬开。其中一只色青，胎体厚重，底部有火石红的痕迹，是明代龙泉大香炉改作花盆，为了不致浇水兰花根烂，底部挖了个大洞。还有两盆是邵云如的，一是北岩款，一是北茗款，其实都是他的号。可能是搬动时不小心，一盆有条大冲线，另一盆倒是完好。我指给知客僧看，他喜孜孜做了个标记，说来年春天将这盆摆在房中架子上。

不过这中学老师挺有意思，教什么的？知客僧答，数学老教师了，和大和尚关系不错，经常辩论打机锋。同华也认得他，喜欢研究一些文化问题，比如人类文字起源。我顿时来了兴趣。知客补充了些其人事迹，我遂拿出笔记录下来。

今日外求较为简单，虾子酱油拌面而已，趁着大风暴雨前回到房中，居士们也安安静静，闭门念经或早早歇下。我躺在小床上翻看笔记，为了帮我打发无聊，同华，知客僧，大宝，甚至我爸，都说了些逸事，我总大致写一写，但往往隔了一两天，便忘记细节，哪怕是看笔记

14

也想不起来，颠倒错乱的。同华患有痛风，却老忍不住喝点酒，走路一瘸一拐，跛足僧人似的，难免借由讲故事忘却疼痛，我和他说，这么一天天下去，可得一本同华故事集。事实呢，故事很难如同数珠一颗颗挨个儿移动便可得到功德，故事本身难可较量。

叭儿狗哀哀叫着，怕大雨。我问过知客僧，它的狗粮是荤是素。知客僧极为谨慎：如果你守规矩，那它就是庙里唯一一个吃肉的。

4

此处原先是海。不过这"原先"又有些远，超出乡愁的范畴，那是在文字出现之前的事了，而有文字才会有乡愁。所谓古玩商考据的职业素养，干久了这行呢，会生出些逆反，一件器物，最好来源清清楚楚，经过了谁人之手，最后又落入谁家，第一次的著录、铭文、戳记、制造它的工匠与地点，如果这些都不存，那么最好有墓主信息、窖藏时间、榜题、沉船的名字等。带文字的器物大受追捧，所谓慕古，称之为乡愁并发症更为合适。退而求次，无可考的物品中，越古越好，无论它是做什么用的。

总是上电视节目的某位文化学者，胸前挂了一块汉代的剑
璏，由于体积较大，不得不注意到它。剑璏是佩剑上的四
装饰之一，其他三种为剑首、剑格与剑珌。实际作用十分
明了：将剑挂在腰上的挂钩。慕古也好，赏玩也罢，让人
想不通的是，为什么要把这么大一件东西挂在脖子上呢？
一个人挂也就算了，看过他电视节目的也纷纷想要找同一
款的挂着。虽然我不太会拒绝送上门的生意，但总免不了
多嘴问问，不会觉得重吗？如果弯腰也会撞在洗手池上的
吧。你看，做这一行总是会有诸如此类的疑惑。有时候并
不能理解顾客们在找什么。当然，还是不明白追根究底为
何与何为。

　　作为一个只在故乡生活过几个夏天或几个假期的人，
若谈到身边发生的事情，总感觉莫名其妙，不过这也并不
是故乡或时间哪里出错了，甚至待了半辈子的城市也让人
一头雾水。晃膀子十多年也不能将其拼个完整。同华对掌
故如数家珍，也算是乡贤一级的人物了，他讲述的故事
中，我全须全尾记住的是真真排档。真真排档位于步行街
的一头，晚上六点半开始营业。我一直嫌弃庙后面那条街
的食肆不多，律宗嘛，总要严格些，断绝人的妄念。于是
同华将真真排档介绍给我，只开夜场，本地特色，十点半
过后生意最好，喝酒的人续场也要养胃，总喜欢到真真点
半份老母鸡汤。一伙人头挨头喝了汤，又开始下一轮拼

酒，下酒菜也丰富，有虎头鲨、螺蛳、邵伯龙虾、高宝湖黑鱼做的酸菜鱼、炒丝瓜皮等等。我问，酒有这么好喝？同华哈哈一笑：当然，不然真真这种地方怎么能开二十年？当年我们喝到烂醉，散场时起风，一路步行回家，好不快意。那时还没痛风，腿好得很。另外一个朋友尚未买车，跨上电瓶车风驰电掣，则更是潇洒。只不过他酒醒以后，忘记是否锁了电瓶车，也忘记将电瓶车停在何处，连续三个月都在真真往家的这条路上按电瓶车的解锁钥匙，希望听见熟悉的"嘀"。一个呆子。

按解锁钥匙。

心有所感。我也真的晃到真真排档去吃了几次，同华所言非虚，真真排档是一个酒国中的酒国，虽然卖的只是本地常见的几个白酒品种，但它绝不卖矿泉水。想喝水了，得过街去对面超市买。旁边坐着的也都是酒客，伸展四肢坐在夏夜中，银行职员、发廊小哥、值班医护、找了新女朋友的包工头与他的小弟们，他们声音很大，却不太会口渴。

所谓菜单，也只是当日打出的简陋 A4 纸而已，我见有时令菜，便点了一份，上来一看是丝瓜烧蚬子，一种细小的白壳蚬子，肉也不甚出众。老板娘正巧在旁边，告诉我：此处原先是海，这蚬子原先长在海中，久而久之，过了几千年吧，便也成了淡水里的一个品种。别处是没有的。

4-1

现今老派家居摆设已经不常见了，客厅里一整套深色的组合柜，与书房里的书柜是同一个系列。透过书柜的玻璃门，可见整整齐齐摆着常用的过时知识书籍，大众菜谱系列，生活中一百个小窍门，医用植物三百种，诸如此类，大致与一九九八年我在清凉山垃圾回收中转站里翻到的那些书重合。每一个房间都有两张扶手椅，扶手椅中间是玻璃面案几，上面蒙着印蓝花布或钩花蕾丝布，像无论去哪个房间（包括卧室）都能随时坐下来聊聊天似的。这一次，我们坐在书房里，扶手椅旁立着和平饭店风格的花几，搁了一盆深绿叶子的君子兰，盆是新做的，挺应景，刻着"兰是君子"四字。铲地皮的惯会反客为主，坐下来便用目光逡巡四周，这一家是不是可能藏着什么稀奇玩意儿。事情做熟了，羞耻心便降到最低。精明的古玩商会稍稍注意表情，不至露出老吃老做的神态，客气诚恳地出起主意来：目前刚去世的名人里，朱新建作为文人画之代表，是比较热的，但朱老生前是个痴情种子，也是豪杰性子，有他画儿的人不少，现在出是好时机，等市场热度下来，恐怕砸在手里。主人家心里也没底，一下子被唬住的也有，端了茶来，白瓷杯子盖得严严实实，雪白茶托轻轻放茶几上，喝茶喝茶，麻烦你们来一趟，有没有什么看得上的东西。——不管怎么说，铲地皮以坑蒙拐骗为主，不算讨喜职业。

大宝约我铲地皮。大抵能猜出他的心思，一是听了同华的故事，见我大学历史系毕业有了些谈吐，拿我来当敲门砖；二是作为地头蛇，带人买卖，总能打点抽丰。进门之间，我扭头问大宝，按规矩么？他佝偻下背，低了头，小声答，按的按的。这时候我才瞧见，大宝头顶秃了一大块，他本身是个小卷发，穿着僧不僧俗不俗的行气服，倾过半个身子笑着，是个悟性不高的达摩。只要不做假货，与古董接触久了，自然会养出点仙风道骨的意思，不过总会被赚钱的心思掩过去，就好比颇读了些书，只大多为黄色小说。我差不多也是这样的人。

书房另一面书橱空出来做了展示柜，我坐下前已留心，乏善可陈。几只几十年历史的单色釉文房器，笔洗、水盂之类，行内称之为六七八，也就是说，六十七十八十年代的仿郎红霁蓝之类；可能是从某个文物商店买的创汇时期的翡翠仕女立件，当时应该售价不菲，不过种色太差，现在卖不了几个钱；一个晚清民国的紫砂壶，海螺题材；一套外紫砂内绿釉的紫砂杯子，石泉竹炉款，不甚稀奇；一把民国浅绛彩提壶；唯一值得一瞧的是雍正年间仿哥窑的小鸡心罐，釉色滋润肥厚。看完这些，坐定喝茶，大宝有点期待又有点担忧地搓搓手，有什么入眼的没？我扭过头，发现茶几上方挂着本地地图，现今挂地图更是少之又少了，顺口答，你先聊你要的。我并不担心大宝买走了什么，敬业的行内人总说"贼不走空"，出来一趟，没卖掉东西不要紧，至少买一件，就不算白花了路费，不过，这次回到故乡，本就是为了从永无止境的买卖换手中暂时脱身，身上只剩下十几块钱，晚饭逃不过庙里的素菜了，心也就没那么热，况且民国器物并非我的专项。大宝讲了半天，拿了浅绛彩提壶和紫砂杯子，我也适时给他搭了台子，在一旁揶掇：浅绛彩几年前卖得不错，目前跌了，晚清官窑上升之缘故。一边顺手将紫砂壶发给一位客户，晚饭又可外求，一来二回实在无聊，此处不表。

主人本来寄希望于创汇翡翠，当即有些失落，大宝适时奉承一番，介绍起来：此间伉俪本都是音乐出身，世事变迁，和他短暂做了一阵子同事，也算有缘，夫人弹一手好古筝，先生会拉小提琴。主人兴起演奏小提琴曲一首，我也不知道是什么曲子，只觉得欢欣中带有一丝惶惑，更有些熟练的情绪，大抵常于聚会时表演。小提琴在他的肩膀上，好似金翅，我不好盯着人看，遂转向地图，又做出侧耳聆听的样子来，手指轻轻随着节奏敲打小茶几，盼着快点结束。

此处原先是海，我顺着地图看，距离最近的真海大约两小时车程。此处古名：海陵。各方向找寻一番，还有，海安；更小字号标注的一个地名也露出端倪：海南。不是海南岛，而是我奶奶家所在的兴化市下属的海南镇。

5

　　本世纪初古玩界最让人惊讶的发明莫过于"量子文物鉴定仪"，如果想要看到它具体如何鉴定，须得到最新款鉴定仪发布会的邀请函，据说邀请的都是各大古玩协会中德高望重久不出山的老专家，有几个你听到名字，会颇为惊讶：他居然还活着。其他绝大部分却是闻所未闻，坐在遥远的主席台上和会场前几排，专门等人去握手，或者专等着时机拍手。他们可能预先商量好，统一穿着，上身是老款白衬衫，略微透出内里的白汗衫，配灰色或黑色的确良料子西装裤，棕色皮带，衬衫扎在裤子里，黑色镂空皮鞋。有了这身装扮，看上去便格外沉稳，毕竟年岁在这里，甚至有人寿眉很长了，垂下来，覆盖住眼皮。眼皮耷拉着，不露悲喜，仿佛在说：已经见过成千上万件器物了，太让人疲倦，还好现在我们有了量子文物鉴定仪。

我是通过假居士认识河南人的，说他假居士有点冤枉，本身是大学里做哲学的人，开口闭口谈佛挺犯嫌，又单恋上鸡鸣寺里的尼姑，大家就都这么叫他，实则研究学问，总是有误入歧途的时候。假居士慕古，老是买到六朝竹简，激动得很，一头扎到店子里，要向我们展示那些珍贵的文字资料。他自己茹素，却记挂我们这些酒肉朋友，买扁食铺子的牛肉锅贴送来，锅贴是用菜籽油炸透的，拿了一路仍酥脆，还没坐稳，他就张罗开，铺报纸啦，分筷子啦，说大家不喜欢他也不尽然。慕古有瘾头，每逢周六日，假居士准时逛地摊，只要我们出摊，他必要请全场吃牛肉面，加一份肉，多加香菜，要辣椒油！河南人瞧在眼里，邀他去客栈房间坐坐。

　　其实我一直好奇这些外地假货贩子靠什么生活，当然，本城也不是他们的最终落脚地，他们是真正的游牧者。河南人算待得久，印象中从他包下客栈一个房间，长租作铺子，到带上老婆孩子开了间门面，少说也有五六年，孩子是不是在本城出生的不得而知，原先抱在手里的，一眨眼也牵出来到处打听上小学的事儿了，假居士帮了不少忙。他把假居士带到房间，我们称之为"杀猪"，一对一行骗。骗了多少，旁人无法过问。有年冬天我碰上他，他正在卤菜店排队斩鸭子，半只盐水的，半只烤鸭，带两个脖子和鸭头，可见日子不算艰难。下了雪，没积多少，雪又开始融化，天阴。他看到我就招呼，快来快来，插个队没啥，天冷得紧。我也没多客气，问他，最近新造了什么假货？河南人谦虚一笑，还不是那些嘛，想象力不够。我说，想象的那些不算，臆造品没意思，市面上出了特别厉害的东西没？又提了句，假居士工资也不多，卖卖康有为的偃逮，老佛爷的美容按摩器，差不多得了，别上大杀器。河南人点头，有数有数。

说话间忘记排队，有个老头轮上了，嚷嚷着，鸭屁股都给我，我喂狗。这家卤菜店生意很好，鸭屁股总是作添头，白送，老板不甚在意，手起刀落，连着旋下块大肉，随手丢作一堆，形成座亮晶晶的屁股山了。不知道今天是怎么了，老板回嘴，你自己想吃就想吃，不要赖给狗啵。人群里爆出哄笑声。

河南人塞给我一张请柬，上书"量子文物鉴定仪最新发布会"，他讲：承蒙照顾多年，宝剑赠英雄。

那时刚完成论文，正要进入晃膀子的新阶段，比中学翘课去回收站要自由得多，我在火车站领了由本城出发的列车班次表，有古玩城或是办大集的地方皆可一去，不用太担心钱的问题。行内人总说：只要有漏，必然能捡漏。有几个固定客户跟着我，隔三差五询问是否找到新货，有了点瘾头，就会一直购买。我有意让晃膀子时期尽量延长，开价合理，不贵也不便宜，恰好让人手头略紧，但绝不给人增加负担，颇是持续了几年，也有运气的成分，其中一两个老客人的兴趣逐渐消退，改玩股票或是摄影了，他们介绍了新的着迷者给我。若是不出远门，便在家帮忙擦地板，做饭，大部分白天时间睡觉或看书。天黑之后才是古玩商一日生活的开始。如今回望，总一下子想到蓝澄澄和灰黑，是夏天与冬天本城夜晚的天色，最后一点分明消失，不开灯，凭着直感从六楼三跳两跳直落至一楼的快意。我妈偶尔在阳台上目送我走出小区大门，也会埋怨道，噢，你真是个颓废的孩子。

跑货可单打独斗，也可结伴而行，看性格。有一位同行绝不结伴，独行侠，是专门做行脚商人的，一年大部分时间都在外地，沿着几条路线循环往复跑动，一半利润贡献给酒店与铁路线。他与我都有点洁癖，或者说是由于洁癖才关系不错，只要下了火车入住酒店，必先洗衣服，我们共有的逻辑是，只有洗衣服，才一直有干净衣服，有可换的衣服，才能一直跑动下去。量子文物鉴定仪最新发布会的请柬上标明：本会特借德州古玩艺术品交流展销之大好时机举行，欢迎收藏家、艺术家、文博机构研究人员莅临指导。地点设于德州扒鸡大酒店。我收拾一番，坐电梯下楼签到，电梯下到三楼，门开了，恰好碰到了洁癖同行，的确，德州展销会在他的行动轨迹上。我俩相视一笑：洗过衣服啦？——哎，洗了！

二楼宴会厅签到，拉拉杂杂一大堆人，看板倒在地上，几十个圆桌子铺着灰蒙蒙的粉红桌布，毫无量子痕迹。我在看板上找到主办方，是个从未听说的科技公司，介绍语很简单：本公司探索量子科学技术已长达二十年，在量子保健、量子中医药、量子农业上已获得重大突破，申请专利一百多项，为我国卫生、农业、生物等诸多领域做出了不容忽视的贡献，为赶超国际先进水平发挥了积极作用。

　　原来量子文物鉴定仪只是他们公司庞大科研体最为微末的一支，意识到这点，随即饿了，眼光遂于人群中搜索，捕捉到墙边站着两位迷惘微笑着的迎宾小姐，大概是酒店方的服务人员吧。好不容易走到她们跟前，我热切地问，请问在德州扒鸡大酒店哪里可以吃到扒鸡？

6

　　过往何其模糊。我躺在庙里的小床上这么想着。听到砖缝里的蛐蛐声，它们以一种特定的节奏摩擦翅膀，秒针般匀速，掌握奥秘似的，跟随这声音就可安全抵达夜的尽头。白天从法物流通处拿了几本书，有禅宗的天台小止观；专门做水陆道场的恩重父母经，盂兰盆经，佛顶尊胜陀罗尼，地藏王菩萨经；还有大家心照不宣的佛说治痔经。翻看片刻，听见敲钟了。有人说三更钟是幽冥钟，其实颇有些根据。十年多年前我在一次德州大集上见过一口破损的铜钟，上面满是字，卖家不识几个字，便宜让给了我。用报纸包一包，又翻出个超市塑料袋装好，一路提回去，现在还丢在某个角落，懒得修它，因为我知道，那就是幽冥钟。头几个是异体字，但念出来发音与"曩谟阿瑟咤始底南"一致，出自同个梵文本子的转写，是破地狱咒的第一句。我数了数，三更的钟响了十二声，三个一组，共四组，颇有些随心所欲的成分，将蛐蛐节奏打破了，由寺塔向空中更遥远处扩散。如果那口钟修好了，我会不会忍不住敲一敲？三更的钟声冷而寂寞，也不知今夜轮班的是哪一个和尚，可能他太困，冷与寂寞中又带了倦意，如此当当当传出去，好像在对那些地狱中的鬼们说，瞧，这世界的反面也好生无聊，顺着声音来吧，正反反正是同一回事。蛐蛐声突然中止了一段时间，待钟声一收，蛐蛐复又齐鸣。我模模糊糊地想，还是不修为妙，这钟声实乃无缘无故之物。古玩商并不怕兜兜转转，获得与散落，怕的是断点，无可查，孤例，突如其来的启示或指引，宁可在复写的节奏中将诸事物混为一谈。物品上任一处文字，器皿上任一处线条纹路，绘画中任一处颜色，其实混杂着别处的文字线条纹路颜色，至少于当下时间中，也有数百只耳朵，或单数或双数，听着幽冥钟呢。两座桥之外的暮春街那家卖兰花干的也听见了。每到下午四点，他们便推出一口大锅，海带豆芽熬的高汤，煮着一整锅的兰花干和大方块豆腐干，附近不想烧晚饭的人端小钵排队去买，这也是少数几种我能带进庙里的吃食之一，热吃凉吃皆可，本地人嗜辣，腌制磨细的辣椒泥，曰水胡椒，加在这汤豆腐干里正好。不到八点，一大锅豆腐干便卖完了（有时中途还要添上半锅）。旁人羡慕，哎呀这生意真好做。店家总回，哪个讲的，幽冥钟一响，就要起来磨豆子压豆腐干炸豆腐干。他们也都知道这是幽冥钟。

　　顺着暮春街一路向下，走到明清建筑群遗址，真正的古代构件已经拆除或搬迁，所剩无几，原地建起全新的仿古建筑。既然存有零星痕迹，附近也就顺理成章聚集了一些卖旧货的地摊，无意叫上同华或大宝，他们都是本地人，熟稔即会失却细节。同华曾与我提起，明初"洪武赶散"时期，大批江南人士被强制迁入垦荒，连发梦都想回家，"睡觉"叫作"上苏州"，他有时候自认苏州人，票戏偶尔也唱唱昆曲，不过，梅兰芳与此处亦颇有些渊源，故而大部分的心思还是放在京剧上了。同华是个妙人，以上也属于他与我说的掌故部分，当我拿出纸笔时，他便呵呵一乐，看，我又在波斯献宝。可惜我对戏曲一窍不通，只是顺手记录，其他不表。古玩商逛地摊，凭大致直觉，所谓直觉，其实是知晓某地的历史地理位置，可一般很快便失望极了，全国上下大部分地摊，甚至百分之九十五以上，都已被假货占领，就像林立的"古城"也只是开发商设计的臆造品罢了。每个摊子上的物件大同小异，假五帝钱宝剑，假汉代宫灯，假青铜器，假龙泉青瓷，只要是博物馆里有的，便按比例放大或缩小随意仿制，真是一个连造假都丧失个性的时代，想到河南人骂我：要求过高，臆造品不要，仿制品也不要，口味真刁，什么假货都不合你的眼！

买一份炸干子边吃边看，老人爱吃炸得里外皆老的，小孩子则喜欢外脆里嫩的，浇上水胡椒，一路滴答一路与同伴分食。我正迟疑，干子却已炸老了，遂卷个纸桶盛了，撒椒盐末儿。正要翻一张老拓，摊主喝道，油手不要动。我站起来问，这是真的老拓么？他正色答曰，永久保真。我擦擦嘴，再问问你，你是不是宝应人？以前有没有卖过眼镜？摊主一脸莫名其妙，我淮安的。遂以八十元成交。走了两步，一拍脑袋，迎着光看了一眼，果然不该尽想着开玩笑，这哪里是什么老拓，宣纸印刷品，九十年代制造。

由于是小地方，地摊上有许多大城市古玩城淘汰下来的东西，年代分层尤为明显，从九十年代初跳到二〇一〇年前后，我不禁想，这些东西从未卖出吗？或是在各地的贩子手中流转了一圈？我又买了杯甘蔗汁，蹲下来细细看，假货中甚至还混着一些真的九十年代的生活用品，旅行团徽章，海鸥牌相机，英雄牌金笔，先进单位水晶奖杯，一条半新不旧老式剪裁的红领巾，让人摸不着头绪，九十年代的假货算不算假货呢？如果它们的主人是九十年代的红领巾。

在摊子的尽头，我发现了一只大樟木箱，外形与老宅子那只极为相近，甚至上面的使用痕迹也一模一样。箱子旁站着一位老太婆，眼睛半闭着，我问，这是你的吗？老太婆张开口笑了，她穿着干干净净的灰褂子，手上戴一只泥鳅背的金戒子，不用看，戒子背面一定捆着红绒线，她的皱纹也和我奶奶一模一样，牙落光了，她说，呜呜呜呜。

7

我对爷爷的死印象很稀薄，可能他在我们赶回老家之前就已去世了。我听不懂家乡话，这是我和爷爷交流的最大障碍，也可能是他罹患食道癌，到了某个时期已说不出话。中元节已至，庙里做法事，烧了许多黄表纸金银元宝，入了夜也火光不断，寻寄托的人太多。快三更时，我睡着了，没有听见幽冥钟响，倒是做了一个梦，梦里又在乡野的小路上走，还是那个红彤彤坠火的夜晚。醒来时，天将亮不亮，鬼们应该已经吃完米饭回去了。起先有只鸟啾啾叫起来，接着众鸟皆鸣，颇为喧闹，便没再睡着，想着不如稍晚去报恩寺门口吃碗素面。我睁开眼，仰卧着，看一只巨大的蛾于纱窗扑动，几乎有半个手掌那么大，翅膀上生了眼睛似的花纹。蛾背对我，那对褐色圆眼便瞪着我。我忽然记起，梦里的火光，或者是九岁前的火光，是真见过的。实际上，这事太过久远，我从未想过会在此时记起，甚至之前也丝毫不觉得与爷爷的死有关。我首先看到了灰色的天井，墙角边深绿的万年青，一口养着鲫鱼的深缸，我时常和爷爷的傻弟弟，也就是大家唤作呆爹爹的叔祖父捞那鱼。他在九岁上得了脑膜炎，从此心智停在九岁，那一年，我与他同岁。爷爷找了个道士看生死。按理说，他出身西医，应该不太信这套，可见已病重。道士烧一道黄符，火光里只见到我要被数来宝的人拐带走，忙叫奶奶出门寻我。梦中原是符火！大蛾子复又扑窗户，吧嗒吧嗒。我拉开纱窗让它飞出去，否则迟早撞在火上烧了翅膀。其实，后来我又碰过一次数来宝的人，他还是穿着那身破衣服，头顶济公似的帽子，扎纸花的棍子上拴了个铃铛，丁零零丁零零，远处立起新坟和我爸亲手写的小楷石碑，弟弟妹妹正在做游戏，在田里追逐奔跑，小麦刚刚播种。里下河所有的水道，大至极宽仅次于江，小至极细的一条沟渠，都是由西向东朝海而去，唯独这块田中的是逆流。我也加入游戏，却不巧在逆流边绊了一下，摔在开春时仍覆有白霜的冻土上。远处也有火光，正在烧纸，葬礼未结束，众人仍要再哭一阵子，铃铛响起，身后传来歌声。我回头看，突然瞧见远处呆爹爹向我摆手，莫出声，我不懂乡音，可分明听他这么喊着。

呆爹爹热心与我玩在一处。他有一些残忍的直率，九岁的我比九岁的他多生了些心肠。某一日我养的兔子突然失踪，那是奶奶赶集时顺带回家的，一直圈在院子一角吃山芋藤。我发动全家到处找，遍寻不得，呆爹爹啊啊叫，将我引至茅厕，兔子不知何故落在那下面，毛浸得脏兮兮，浮在一堆污物间。我当即大哭，他却拍拍手大笑不已。有时他突然侧过头，露出白鬓角，因总是穿着绛红色袍子，僧人般顿住了，若有所想。我们用零花钱赌钢珠转盘时，他总是这番神情，像钢珠滚落至哪一个小孔他胸中都知晓。爷爷头七时，我们都在这么赌，只不过几乎每一次都只落到花生糖。花生糖是油纸包着的，打开又有层米汤凝的薄衣，粘牙。我不爱吃，总是给呆爹爹，大人又过来捉，按着我们去棺材边守着，呆爹爹也坐得住，腮帮子动呀动，糖粘在他仅剩的后槽牙上了，他在用舌头把糖顶下来。

我偶尔会内疚看一眼，爷爷生前因病已瘦缩，去世后未有大的变化，只是皮肤更蜡黄。内疚来自每日的钢珠游戏，但的确忍不住，红白两事时孩子手里的钢镚儿总比平日里要多些的，全数贡献给了摆转盘的人，转回无数花生糖。呆爹爹吃得多了反而叫嘴苦，有时我将它们垒在棺材前的供盘中。

赢得最大的一次是一包红塔山。叔叔们点了三根插在香炉里，余下的便分着在屋檐下边发抖边抽了，白气团团，守灵实在太冷。另有一只卡通小白兔钥匙扣。

那只钥匙扣具体什么样，我忘了，只记得兔子的脸被我摸黑摸脏，之后挂在了书包上。念完书，钥匙扣断了，我遂将兔子中间打了个孔，和一颗玉珠子，一个松石盘肠拴在一处，做了个多宝串。那时我刚开始跑货，在附近某个小城里吃完早饭，沿着小街小巷乱走，迷了路。刚入秋，哪里都是桂花味，我没任何疑惑，觉得只要沿着一个方向走，走到大路上就行，走到哪里算哪里。一辆收旧货的三轮车从巷子另一端缓缓掠过，上面架着一张琴桌。我远远看了琴桌的形状，直觉年份该不错，便立刻追赶起来，作为古玩商，总是在追赶，特别是入行不久，对物品最为执着，不得手不罢休，这念头一旦冒上来，别的便再也顾不上。我见过死咬住一件玉器不放，追着每一手横跨好几个城市的同行，最后终于弄到了，像是长舒一口气，反而再

32

卖掉也无所谓。三轮车越来越快，叫也不停，我八百米从未及格，却咬牙一直吊在后面，跑啊跑，行人们纷纷侧目，我背着一个书包，却把背挺直了，这样可跑得更放松一些，最后一个大下坡，三轮车顺势冲了一阵子，一拐弯远去了。等到吃午饭时才发现多宝串已丢，顺原路去找也全无意义，索性作罢。

这一次却不知怎么了，当我爸揭开樟木箱向我展示或新或旧的一系列物品时，我突发奇想，多宝串会不会就躺在里面呢？箱子很大，我将头埋进去，木头构造横平竖直的，东西又少，什么都一览无余，当然不会如我所期待。一个半透明文件袋中存放着些粮油票之类的旧纸，其中夹着一叠折得整整齐齐的花生糖纸。

8

游人上香由前门进庙，经过四大天王，到了大雄宝殿便有箭头指引，让他们从另一侧绕行回去。后庙是不开放的，包括会客的屋子、居士住所、和尚宿舍等等。居士住所与和尚宿舍隔着一个小花园，有小门相连，白天小门打开，到了下晚某个时间便锁上，两边互不打扰，也免得生出事端。和尚们除出做早课晚课，并不怎么在各处晃悠，只有敲磬吃饭时人最齐，但也见不到脸，我们都坐在最后一排饭盆菜盆边上，和尚盛完饭菜才能去取，等他们开吃了，我们才能吃。听我爸吹嘘，有些大庙里规矩很多，吃饭不能出声，一百个光头埋着光头喝粥，半点声音都没有！本来我已做好打算，碰到粥就放凉再喝，如此难度稍降。没想到中午的斋饭从不放粥，每次都是一大盆扎实的白米饭。戒律上规定不能有葱姜香菜大蒜，厨子便放辣椒，青椒豆腐干、醋熘白菜、小米椒凉拌莴苣、炒水芹，都是下饭菜，众人坐定开吃，吃得极香，呼噜呼噜。说是一个律寺，也不见他们有什么特别的课本，至少没见过根本说一切有部毗奈耶，四分律或许有些可能。做和尚首先要剃度，之后受戒，受戒须得有戒师，也并不是想什么时候受戒就受戒的，还得等大庙放戒，戒师开戒坛，论理只有律寺才能放戒。同华说，你住的这庙比较小，不太放戒，报恩寺上溯东晋，自古开设戒坛，招学僧。剃了头穿上海青，离做和尚还远着呢，光着脑袋在城中设精舍讲佛法的，一般都只是光着脑袋罢了。我问，那俗人可以讲佛法吗？同华答，人人可讲。开口闭口讲确实也是俗人。

因住在庙里得了些方便，白天时可随意逛逛。庙子太新，天太热，除了逢庙必拜的信徒，确实没什么游人，法物流通处也关了音响，不再循环播放唱经录音。我打开小门，到小花园兜一圈，自来水管引来活水，从假山眼中喷流而出，紫薇花开得热闹，池塘中放了名副其实的锦鲤，至少不是那种只会抢食的小红鱼。鲤鱼晃动背脊，大大方方沿着池边周游一圈，好几条格外大的，颇有些秩序，白色跟着金色，金色跟着红色。树丛中有座小亭，摆着一张琴桌，几只鼓凳，一个小泥炉，大概是秋冬煮茶的，好久没人用了，泥炉里剩下几块碎炭也结了蛛网。花园设计得隐秘，树丛另外一边是和尚宿舍，被枝叶挡住了，旁人无法窥探。蚊子极多，我拍死了几只花脚毒蚊就打算回去睡午觉了，无意间瞥见一扇虚掩的小门，推开是另一处空院子，很显然还没修完，堆着一些建筑材料，地上抛着泡面盒和烟头，应该是工人留下的。

院子北角摆着十几个井栏。庙里并没有水源，这些井栏是做什么的呢？我蹲下来仔细数了数，四个明代的，其余皆是清代到民国，以八卦形和圆形为主。每一个上面皆有数条深深的绳痕，是经年累月取水留下的。哪怕知道它们只是搁置于此的井栏，我还是忍不住看向内里，只是被罩着的泥地与白灰罢了，但它们或许仍保留纵深的经验，截取一段地下水脉所形成的镜面在时间中映照出无数面孔，我等好奇观看者有意无意间探寻之物。

再讲起井栏的事，已经是几天以后在报恩寺门口吃早茶时了。报恩寺对面有两家早茶铺子，一荤一素，素的开门早，卖完歇业，十点钟以后便关门，荤的做肉蒸饺，烫干丝，子母鱼汤馄饨。同华约我吃肉蒸饺，建议我写一组关于早茶的文章。讲我天天在周边外求，应颇有些心得，比如我现在就能吃出机器切干丝与手工切干丝的区别了。如果潜心做些研究，虽不能有几蚊稿费，混混吃喝或许不成问题。同华笑说，连大宝都在坡子街笔会上面写着呢。坡子街是附近的一条商业街，本地年轻人很爱去喝奶茶吃炸串买手机配饰，还有几台五光十色时时发出动感音效的跳舞机。坡子街笔会并无办公室设在坡子街，至于为什么起这个名字，据说是几个创始人在坡子街爬坡时福至心灵；亦无纸质印刷成品，只设了个微信公众号，都是本地人发文章，我翻看了一下，有书画家、厨师、老教师、卖古玩的、出家人、服装店老板、原新华书店的退休主任，同华称这些人为"本地素人"，问我这个"外地素人"是否感兴趣，我颇为动心，对他说，目前我已吃过扬州早茶，高邮早茶，本地早茶，兴化早茶，甚至一直吃到了蟹黄汤包的最北线——淮安，但唯独有一处空缺，靖江早茶。之后如果有机会品尝，吃毕即动笔。同华颔首。

井栏嘛，可能是大和尚的个人爱好。同华补充道，庙新，得寻些有历史感的物件。这些井栏从何而来，是否从老城古宅拆得？同华有点迟疑，含含糊糊回我，不全是。

本地有几方唐代井栏，已收入博物馆，有些可能是附近镇子或村庄里收来的。大宝有几个徒弟，成天开着面包车在远近乡里转悠，专拆石狮子、拴马桩、界碑、井栏，再卖给本地有花园的老板们，收入不错。我想起来了，是有这么些号人，其中有一位，花名叫"日行万步"，跑动极勤。

报恩寺又不同，附近都是庙产，我们吃早茶的地方，卖檀香黄表纸的铺子，小超市，都由他们收租子。庙里也藏有文物，有董其昌的小楷心经、汝帖之类，为了汝帖还专门造了栋屋子，起名为传汝楼。也就用不着再摆井栏了。这些下次再细说，你记下来了没？同华看了眼手表，该上班啦。

哎等等，坡子街笔会你是创始人之一吗？我追问。同华翩然一笑，骑着电瓶车走了。

我一直怀疑同华故意将这些事情说给我听，或者他对所有人都说，所以讲我二人投缘也不至于。他坐在那儿像是随口就能来上一段，语言清晰，表达流畅，时不时设置机关，头尾呼应或中途出离后又顺着线索找了回来，每一桩都有点听头。他也向大和尚要了串念珠，平时放在裤子口袋里，只有搋完蛋开始讲话时才拿出来摸摸，掌故像是一百零八颗菩提子，摸得烂熟，其中是不是有杜撰或弄错的部分，总之我是不知，懒得去查。据他自己宣称，他是我爸的学生，哪门子的学生也搞不懂，我爸早年在高邮师范与扬州师范学院教书，但已是几十年前的事情了。重点是，他跟着我爸能学什么呢？想来想去，难道是毛笔字？他二人连掼蛋都不打对家的。同华说，你爸打牌走的是刚烈的路子，太容易被感情控制，手气顺时反而赢不了，逆境方才百折不挠，或许还有些胜算。又说，你看老师，留着胡子，颇有些气度，讲话很有欺骗性，你的那些古玩应该由他来卖。我朝我爸看去，他正在和另外一个老头讨论手机里的毛笔字照片，两颗花白脑袋紧挨着，讲得不亦乐乎，草书这儿处理错了，写字必须要识字，写错便是另外一字，云云。那边喊了，再掼几局。他们立刻结束对话。我突然想到，同华不会是和我爸学习掼蛋吧。凭他对风格的清晰辨认，应已青出于蓝。但他有坚持，于掼蛋间隙说着故事，像热闹集市中的说书人，哪怕没有听众，仍忠于表演，脸上镶着表情，吐出每日最后一句惯语。有时候他又颇感伤，去掉职业面具，讲述间有极长的停顿，像是盘桓于心中的慨叹无法排解，只能沉默。这一般发生在酒局结束后，他将我爸与我分送至家与庙的路上。我也好奇我爸之前有没有听过这些故事，还是说，到了一定年纪，故事便不再相关，杜撰之心相应地减弱了，除了无法解释的散碎记忆片段之外，已无精力再处理其他。正如我已不会再关注开头与转折，从什么时候我开始当古玩商，我到底在找什么？这些不再重要，一切都已转身，背对我们。年中他们的一个朋友死了，长期受病痛折磨，终于得以解脱。众人借机花公款组织了一场纪念会，把那人生前的朋友，例如美食协会会长、书法协会成员都召集来。大家依次回忆，最后一位发言人说，身体好的时候是个好吃鬼，自诩美食家，天天喝酒吃肉，城里开了个素斋，想着不如清清肠胃吧，遂相约试吃，越吃越觉得没劲，总像缺了什么似的，最后店家说，我们这里是蛋奶素，卤蛋也是有的，要不要点个卤蛋垫垫？赶忙点了，只上来一颗，两人一人一半，这才魂魄归位。讲完，大家都鼓掌，好故事！谢谢各位亲友前来这场纪念会，让我们对其人其文有更深的了解。现在，散会！找个地方掼蛋去。

　　同华见我总是自称师兄，这倒是件可气的事情。

9

　　大宝约我凌晨五点出发跑货，由他的两个徒弟带着。大宝不会开车，一般骑着电瓶车就近铲地皮，有了车就能跑得更远些，到有海的地界去，比如南通鬼市。一见面，便把我从这庙口拽到那庙口，先去报恩寺吃一碗素面再出发。天还没怎么亮，但面馆外的桌椅已摆好了，已有准备着要干力气活的人三三两两坐定。报恩寺的和尚想必也正做着早课，其他铺子还没开，街上静悄悄的。暑气未上升，空中保有前夜的香火味儿。放网子的人也远远地走来了，他刚收了昨天傍晚下水的网筒，颇得一些收获，巴掌大的鲫鱼、昂哧鱼、铜头，还有一种我们称为参子的白条状小鱼。当地人很喜欢用巴掌大的鲫鱼烧咸菜花生米。去庙里之前，我在我爸的住处待了几日。一大早他就塞给我一根鱼竿，打发我到楼后面的小河里钓鱼，他也同时出门，在河对岸打一套太极拳。我问他在哪儿学来一套如此拳法，他讲，从老街地摊上买了本《杨氏太极拳》，照图习武。打完拳，他来望望我钓到了什么，往往一无所获，他遂告知我，骑电瓶车十分钟处有大河湾，好多人在那儿打鲫鱼窝。某一天不知为何，鲫鱼像是从大河中漏过来了，连续上钩了六七条。老头儿一高兴，亲自下厨烧了一盘巴掌大鲫鱼烧花生米，打了一斤黄酒喝了。我又问，你这本《杨氏太极拳》是八十五式还是二十四式，我爸摸着白胡子翻了一下，这可能是盗版书了，是三十六式。老街那边尽是卖一些假特产，没想到书也是盗版的。大宝的店就在那儿。

素面所用的面条一般，是一种比较常见的水面，滚熟了浇上三合油，配榨菜末生姜丝吃。三合油也常见，烫干丝也是它。汤算是当地独一份，我寻思是不是要写下来，投稿给坡子街笔会。一般的素汤难免假装朴素，以比较名贵的菌菇吊出鲜味，北方用口蘑，南方例如兴福寺用蕈油。这汤很简单，用蚕豆米吊出来的。面吃到一半，老板娘过来了，显然和大宝很熟，给我们每个人都加了碗汤，十分大方，么得事，就当水喝。我们就这么坐在大石榴树下，连喝三碗蚕豆米吊的汤。怕水喝太多，上了高速不好撒尿，四个人轮流去茅厕。回来时，我见大宝正盯着报恩寺门口看着，颇有兴味的样子，原来是一黄一白两只草狗正交配。太阳已经照下来，把报恩寺的黄墙照得明晃晃的，早课毕，传来打磬声，街道仍将醒未醒。

跑货使人怦怦心跳头晕脑发热。尤其是还未到目的地，将要看到的一切几乎未知时。实则也不是全然不知晓，只是仍肖想器物，形状，空气，对话，有一种在巷子里迷路却毫不在意的劲头。大宝和我坐在后排，闭目养神。今天我们要先抵达南通，接着把附近的几处小镇，例如海安，都跑一跑。南通是仅次扬州的古玩集散地，大量仿冒书画与家具都由此地流散入外地。一般人都只知道家具这一节，却不晓得书画造假水平之精，蒙了苏州上海杭州不少行家。大宝的书画鉴定知识一部分来自他的老师金旻，原新华书店的退休主任，并参照了本地所流传晚清民国的书画家作品，另一部分则可能是在南通附近观看假画

41

制作的心得。他身兼数职，除了在老街开店、铲地皮之外，还在一间厂子当职工，每月工资几千块钱，深得老板信任，若不知道底细，必定猜不中他的职务，他专门管——花木，从厂子露天的花草树木到老板办公室里的盆景。他年年参加盆景大赛，几乎本地所有的古盆都是由他手里卖出的。甚至他还编了一本书，以前从来没有人想到要编一本这样的书，却被他想到了，一旦抓住机会，别人也无从插手，这书叫作《本地历代书画名录》。他常年铲地皮，收了许多附近乡贤的扇面字画，这些都是第一手研究资料，剩下还活着的书画家，想要进《名录》也行，由大宝撰文拍照，但有一个条件：必须送大宝一幅画。连老街那处店面也是政府免了八年租金优惠给他的，毕竟是为文化事业做出了贡献。书编成了，名录还在扩充中，本地有个画家叫俞振林，小名头，画得颇有些味道，不久前去世了，画也被大宝炒到几千一尺。因为他手里最多！同华想收几张挂挂，无奈薪水微薄，只得摇头作罢。

记挂着坡子街笔会一事，我随身带了唐鲁孙文章的打印件，唐鲁孙早年游宦各处，与盐运颇有点关系，必然到过此地，吃过一些现在已消失的食物，比如野鸭炊饭，看描述，是放在甑中烹制，类似于广东煲仔饭做法，取野味的脂肪香气，加之油菜的清香，米饭须颗颗分明，爽口饱满。想象一番，倒也合理，不过油菜换作本地一种略带苦味的麻菜可能更别有风味。我复又翻看一番，正好闲来无事，便问大宝，文中提到的大家族"支家"是何许人，以及，还有一位正巧做客，也品尝到野鸭炊饭的金陀子金陀僧，据查是一位本地画家，《名录》有否收入他的作品？

大宝一时回答不出，但也不愿丢了面子，他睁开眼，想了想，金姓画家，我老师金旻应是最有名一支，他祖父金野渠本来做道士，做道士也是家学，他曾祖父金石园也做道士，管本地斗姥宫，后来金野渠还俗了，专门画画啦，还当了市委委员。至于金陀僧，唐鲁孙多半是记岔了。

10

如果留心坡子街笔会之组成，就会发现，它其实是本地晚报副刊的某种延伸，像松散的地方志联合体，再也没有比坡子街笔会里的"素人"们更热衷说本地故事的了，虽说绝大多数是个人体验，却总位于或远或近参差的时间中。如果同华故事集是追根溯源式厘清来路与去路的讲述方法，那么坡子街笔会正是深入细节肌理无限放大，众说纷纭，嘈嘈切切。下晚的声音越丰富，被描述的"本地"则越趋近模糊。同华既是同华故事集的说书先生，又是坡子街笔会的倡议者之一，恰似由一粒摇动水珠中观察世界的眼睛。古玩商的眼睛简单得多啦，它只停留在器物上，从不瞻前顾后，瞧瞧我们，比如大宝，扫荡一个个地摊或店面玻璃柜，偶尔将某件器物拿起来看几秒钟，又放下，不置可否，走到稍远的地方方才讲，不行，太粗糙，或是，残了，价格偏高。行里有句话（又来了）：一上手便知有没有。不仅是说古玩商的眼学，更是说拿起器物的动作，内行人一瞧便懂，一系列动作经过无数次快速拿起与放下已成本能，小件的玉器首饰，手指紧紧捏住，拿进绒布盘子中看，以免落地；瓷器呢，一手四根手指伸入口中，大拇指卡住，另外一手牢牢托住底，方便看底款，不至于脱手；带把手、盖子、嘴儿的，例如茶壶、长流注子，绝不能一上来就抓住把手和壶嘴处，年代久了，以上地方最可能是脱落后再粘的，一拿若是掉了，店家会盯着你不放，盖子呢，要么摘下来放在一边，要么反扣再以拇指按住。圆有圆的拿法，方有方的拿法。将物件还回去也有讲究，得双手送还，确认店家接住了才放手，必要时添一句：拿稳了？对方也须应一声。至于细节处，第一反应是掏出手机，打开电筒看表面风化，吃沁，磨损使用痕迹；再用放大镜看裂缝处有没有万能胶修补，贩子们总是用胶水混着木粉填补木器的开裂处，再以砂纸打磨后上色，最后以指甲刻画出使用痕迹，过渡处必定不自然，玉器呢，由机器打磨做旧，又做得过于一致，里里外外使用痕迹完全相同，正常把玩佩戴，哪怕历日旷久，也不可能如此均匀，人的痕迹总是记录人的偏好与习惯，连一颗方形印章都会由于指侧指腹的拿捏方式而导致其两侧磨损不尽相同，何况更为复杂的雕刻？而以上林林总总关于大小、形状、材质、图案、使用痕迹的"考掘"，都是在极短时间内完成的，如此一年能看上几万件，看上十年，方有小成。甚至可以说，在场的大部分物件，都不值得伸出手拿起来；眼睛过处，无有情绪，无有疑问，痕迹学研究便是全部。

钓鱼又不相同。我的眼睛正盯着一朵漂浮在水面上的水葫芦花，它顺着水流过来了，耳朵形的叶子招招摇摇，顶着几朵淡紫色的花。这大概是里下河地区最不受重视的花，因为它总是漂来漂去，像由上游过来的，又像打着旋儿回来的。水乡的人喜欢荷花，红花莲子白花藕，到了季节，庙里总有居士送来几朵红莲供于佛前，花开过了送莲蓬，和尚们分几只剥出嫩莲子吃了，其余搁在大雄宝殿的香案上，莲蓬头太重，插不住，只能和大米金龙鱼等供奉摆在一处；鸡头米花，深紫色，远远望去好似变种火鸡的头，怪得很；连菱角花都有些看头，一小朵一小朵，洁白的，谢了不久就能采到嫩菱，菱米子烧鸭子很香。而水葫芦花有什么呢？据说有外乡人养在透明玻璃缸里，当一种水培盆栽，在此地会被笑话的。从前有捞河的人，穿着连体胶衣胶裤，胶鞋扎紧，于水里半游半走，将漂萍水葫芦之类的捞上来沤肥。现在大家都用化肥了，便也没人再捞河。水葫芦花出现了，给人望上一眼，打着旋儿走了，下晚让花色更深，便终于有了花的意味。向远看去，河转了个弯，水葫芦花隐没在水波细纹中。目送完水葫芦花，我复又盯起浮标。

在我爸楼后的小河中钓鱼，战绩颇惨，要么零蛋，要么都是小鱼。竞争对手也颇有几个，都用了鲫鱼引诱剂，连我爸都愤然谴责这样极不道德的行为：使用鲫鱼引诱剂，与使用肯德基诈骗小朋友何异！他与同华执意帮我找一处钓鱼胜地，我们遂来到兴化海南镇的临镇——钓鱼镇。换了一处小河，仍是里下河上千小河中的一条。

下晚光线造成错觉。临秋小鱼更多，它们一般成群结队活动于水面，颇为浮躁。鱼钩还没沉下去，便被这些细小的嘴啄起来，浮标一直颤动，眼睛处于明暗交界的光线中，水面与天相向倾斜，折角途中，目光恰好能在其中打开另一空间，倘若此时闭眼，出现的并非黑暗，而是一片蓝色。浮标化为六颗连缀的星闪烁，鱼群则是光的爆点，或者说是小小的光的爆炸，使得六颗星摇动。下晚是一天中最为流动的时刻，人就势漂浮于不断的水流。此时零蛋倒也不错，抽卡游戏停止了，物件与物件之间，目光与目光之间产生一些勾连，不过我也知道，这些勾连都是偶然的，只要下晚一走，就进入了夜钓时间，小鱼活动频率减低，大鱼出来觅食。我爸给我买的鱼竿是渔具店的便宜货，不仅扬起时会自动缩回去让人颜面尽失，而且浮标是普通鹅毛尾巴剪的，连夜光的也不是，更别说材质，有些鱼竿能精确传递鱼咬钩的细微频率，这一支拿在手中只觉得重。眼下他们掼蛋结束要吃饭了，我也就随便抛出最后一竿，勾住一朵水葫芦。

11

　　本世纪初第二让人惊讶的发明应属自动投稿机，这是一位乡村钓友和我说的。下晚时分，我正要收竿吃饭，突然看到左边多了个穿灰T恤西装裤的中年人，长得无甚特别，大概就是里下河地区普遍的那种样貌，不高也不矮，分头，五官平淡，手臂和脸由于长期垂钓变得黝黑。里下河地区钓鱼成风，车沿着乡间一路行驶，没一处河湾、没一处沟渠、没一处小桥是宁静的，甚至市区的公园，源源不断排入着生活污水的水道，寺庙后的小湖边也全是垂钓者。入了夜，种了杨柳的河滨散步道隔几步便蹲着黑影，水面插满了载沉载浮的荧光浮标。有游人坐着画舫听戏喝咖啡，意兴大发之际，走上船头吹吹风，忽然间闪光的某物从耳际嗖地掠过，原来是画舫过桥，桥上钓鱼的正在抛竿，好险，若是钩着眼睛或耳朵那可惨了。总而言之，但凡立着禁止垂钓牌子的地方便有垂钓者。如此，在海南镇旁的钓鱼镇的一条野河边遇到钓友也不是稀奇的事情，他甚至长得有点像我的二叔叔，也就是我爸的弟弟，二叔叔喝点酒便会面红耳赤，声音极大，他同时是一个自学成才的麻醉师，据说麻得很好，说全麻就是全麻，说半麻就是半麻。他也迷上钓鱼，上次拽着我讲，大哥要买一条小船，顺着老家的河飘荡，不如这船先给我钓鱼。钓友一开始并没有开口。他的钓具比我先进许多，但我观察到，他是个极有道德感的人，因为他同样不使用引诱剂，只将酒糟做的鱼粮团成了几个大团，远近投放两处，打窝。鱼钩大，上面的铅坠也大，可沉至较深的水中，穿完饵料，他便抛钩入水，坐在一张折叠椅子上，点燃一根烟。我将水葫芦花解下来放入水桶中，也打开折叠椅坐下休息，如果钓鱼有派别，我该算是站立派，从来学不会将鱼竿搁在支架上的技术，说白了，就是停留在入门阶段，原因有二：一，认为乡村野钓的乐趣即在于简陋；二，我爸提供的钓具实乃精进之障碍。站立派的后遗症很多，腿涨手酸眼花，闭上眼世界晃动，皆是波涛。我坐下，晃晃头，让眼前的乡村平静下来。这时候钓友问我，零蛋？我颔首。他哂了几口烟，这季节小鱼多，钓上来也没意思，等天凉，鲫鱼大些。我试探着问，你这是钓鲢鱼？他将烟掐灭，是，大头鲢子。说着提竿观察，饵料不知是被吃了还是顺水走了，他又搓了一团，小心地让饵料抱在鱼钩上，讲，这种料很香，就是以前牛奶麦片的味道，又叫麦乳精，加了些黏合剂，水泡了短时间内非但不散，反而抱得更紧，不过久了也不行，水流大。哎，你多大，麦乳精恐怕没吃过了吧。我分辩，吃还是吃过的，小时候过年才有得喝呢，好比结婚酒席上才有健力宝，挺稀罕的，我爷爷生病了也喝，觉得有营养，现在才知道是诈骗，里面只有糖。

又过一小会儿，身边树荫处聚起蠓虫，花脚蚊子也上来了，绕着人飞，钓友忽然站起来拉竿，却是一头昂哧鱼，这鱼个头小，力气却比参子鲫鱼都大，出水时昂昂叫着，吃钩又深，得避开它的硬刺，手指捏住两腮处，使它大嘴张开，才能将鱼钩取出。真可怜，钓友将它抛入水中，又贪吃，脾气又暴躁，为吃一口受这么大的罪，碰到没经验的，钩子一拽，肚破嘴烂，也就活不成啦。两人一时无话。众人派同华唤我吃饭，远远屋檐下面亮灯的地方，同华露了露脸。钓友亦回头望，哦，从市里过来的？同华我也晓得，不过不打招呼了。他又拉竿，这次有条不小的鲢子，一直和人比力气。钓友站起身，示范道，这时候就不能硬抬竿了，鱼在水下的力气是在陆上的十倍还不止，你得溜溜它，牵着鱼散步，同时斜着拖至岸旁，把鱼的力气耗完了再说。于是，我们一起溜鱼，向左边走走，再倒过来向右边走走。走了十分钟，钓友示意我拿起他放在一旁的带柄大网兜，鱼已经在靠近小码头的地方翻起水花了，看准了趴下一捞，行了！鲢鱼确实累了，腮一张一合，黑色背脊滑溜溜的，大头也不怎么再动。钓友戴上手套，我还未反应过来，他就开始杀鲢鱼，大剪刀从肚子剪到鱼的下巴，将内脏与腮拽出来；一把带孔刮刀刐了大鳞片。鲢子土味重，内脏吃不得，他头都没抬地说，顺手将鱼肚子里的东西抛入水中，又舀起河水，把鱼和宰杀现场冲洗得干干净净。内脏中的一只白色鱼泡，漂浮于河中，点头似的动着，虽然周遭已暗，却颇为明显，不过很快也消失了。钓友笑笑，开荤了，大鱼小鱼都赶来吃，一下子分个干干净净，挺好，取之于河，用之于河。他将鱼收入帆布包，想起什么似的，问我，你不是本地的吧，做什么的？我仍处于宰杀手法之快的惊讶里，张了张口，总不能回答晃膀子，遂与他讲，我来参加坡子街笔会。钓友微微一笑，看来同华是你朋友。投稿给坡子街笔会？稿费没几毛。我问，那怎么投？他摸摸下巴，说，你别和同华讲见过我，我就说给你听。坡子街笔会是晚报副刊摆不下了，给市民群众过过瘾的，毛毛鱼，晚报也不是大家都能发，老是那几个人，正经杂志，镇上的、市里的、省会大城市的，都人满为患，满河有主的鱼，但总有漏出的一两条，人力捕捉不到，得借助机器软件，网上下载一个自动投稿机，注册费几千块钱，它能源源不断地帮你投稿，一稿多投，一鱼多吃，全国上下有几万本地方杂志，全靠软件筛选，自动投放，甘肃发过了就发贵州，谁也发现不了。说罢，钓友拾掇好钓具渔获，向我挥手，朋友再见！

12

　　一九九八年大水以后，城中照样不搞雨污分流，每到夏天几场暴雨，大家就得在淹到膝盖的浑水里半游半走。再碰到收旧纸的人，已是我开始练摊时，他在我隔壁，可是认不出我了。当时摆摊仍在两个牌坊间，正面对着朝天宫的棂星门，背后是红色的影壁，中间一圈石栏，卡着城市内河的一段暗流，静止不动似的，太阳一晒，冒出些臭气。放金翅鸟的人正养到第二只金翅鸟，他拍出铜板，据说这铜板是内河清淤时，探测器探出的宋钱。铜板在阳光中翻了几个个儿，被他捂在手背上，猜猜是正是反，放金翅鸟的人吆喝起来了，过路的三三两两聚住，盯着金翅鸟抽牌，一抽抽得对，再抽还对，不由得信了，接下来算命或赌博也就顺理成章。一般来说，放金翅鸟的人情愿玩一种类似六合彩的抽牌游戏，来钱快，一小时不到就赚得几张红色大票，但赢得多会被举报，不一会儿民警来了，他拿出另外的道具，转为鸟卜。鸟卜用的是一套小卡片，卡片上画了些古不古新不新的小像，有的是民间故事，有的就是一句俗语，比如曾二娘烧好香，薛平贵回家，铁树开花，前手捻钱后手空。有几张特殊，描述了故事前因后果，写了好些字，练摊无聊想读读解闷儿，可金翅鸟从来不抽给我，偏偏衔出前手捻钱后手空，放金翅鸟的弹了一下鸟嘴，鸟惊得飞起，一飞就翻出翅膀里的黄色花。

收旧纸的人不再卖旧纸了，甚至已变成了另一类贩子，专卖菩提子、核桃、树脂做的琥珀。我们称之为卖文玩的，和卖古玩的是两码事。他和一个女人走一块儿，他负责钻眼儿，剥核桃，磨掉树脂外皮假装发现了绝世琥珀，女人专门穿绳子打结。摊子前总聚了一小圈看热闹的人，赌核桃剥出来是公子帽狮子头还是矮桩，他说这核桃是燕山山脉所产，不是东北的，东北那些叫作秋子。摆上一天，也能卖上几十对，核桃皮中流黄汁，染在手上洗都洗不掉。女人不太开口，看起来不太像是他当年的女朋友，那个女孩是扫叶楼服务员，推销龙井和碧螺春，边泡茶边讲解，话很多。如果有老板开着车来，就泡上碧螺春，摆出小点心；我们去，则冲一杯茉莉花茶。清明过，生意差了，白天没客人，晚上都掼蛋。她做白班，时不时上清凉山垃圾回收中转站找收旧纸的人，有次碰上我逃课，三人无处可去，天又冷，便转到国防园自助烧烤处生了一堆小火，在小卖部买了些冻麻雀，据说烧烤点的冻麻雀都是在城里抓的，肉既臭且油，不能吃，只能烤着玩。之前生火的人可能没离开多久，一些碎炭没烧完，风一吹滚动起来，闪出一串暗红与白烟。国防园里有几台生锈的苏式坦克，我们就在坦克背风处翻麻雀，服务员女孩爬上坦克头，初冬的风吹开她的羽绒服下摆，露出里层的确良旗袍制服。

我一直觉得一九九八年之后，我们城市夏天的雨越下越小，一年比一年小，虽说江水仍倒灌淹至膝盖，但远远算不上是茫茫大水。再也不会上下左右连缀，无有前后，甚至失却时间。雨最大时，学校下午停课了，我披上雨披，一路骑车回家，骑上草场门桥大坡，外秦淮河水已涨得极大，桥身微微颤动，灰色波涛吞没河堤，好像人与河都被放入一颗滚动的骰子中，天地颠倒，到处是倾泻的水。桥上放风筝的人，桥洞中弹棉花的夫妻，河堤上卖废品与拼装收音机的老头统统不见，一直到水退却了，他们都没有再出现。原本我总是想买一只薄薄好似卡片般放入衬衫胸口口袋中的收音机，雨过了后，也忽然丧失了兴趣，哪怕去回收站也不再找二极管，只是从旁看着收旧纸的不厌其烦地翻开一捆捆旧书报。他说，前次运气不错，找到了一位老教授三十年以来写给好友的信，其中提及许多研究相关的细节，一定能卖个好价格。如果能再发现几本名家日记或是古籍，甚至一两张错夹在书页中的小画儿，那就太好了。我也会顺手拿几本书回家，读着读着就睡着了，竟十分催眠，也可能是雨太让人疲劳，虽然已告一段落，但城市中到处是新鲜的水痕，砖墙上，桥墩上，公交车站牌上，都像被整齐地划过一刀似的，人的精力便也从这条缺口中流走了。我爸单位里有棵百年大雪松，由于底楼出租成了饭店，排风口直对着它吹，已死了一半，被水一泡，另一半也死了，变为铁锈色的大扫帚。只要有一丝微风，就扑簌簌落下许多枯针。来上班的人越来越少，三楼转角厕所处满是剩茶水和烟头的红色水桶好久没有人清理，生了层白沫儿，可作微生物培养皿。阅览室倒是每天都开，管理员阿姨漫不经心将几份报纸铺在进门的桌子上。我找到一处睡觉胜地，大家都不晓得，其实阅览室最里面还有一道门，进门是一间小图书馆，书架极密，只能侧身通过，如果要查另外一面的书，必须走到头，反身再走一次。这间图书馆没有窗户，角落上方设有一圆形气孔，不开灯时，气孔悬着，好似一颗烂掉的枇杷，一进去我就睡得天昏地暗。有几次甚至睡过头，好在管理员阿姨没忘了我，下班前唤我出来。我理理衣服下楼，再从另外一个楼梯走到我爸办公室，装作是放学归来。雨过之后，不仅困倦，连空间感也错乱，屡屡上桥时疑惑，桥像是被天与水挤压出来的一条轨道，人与车像是滑过轨道的钢珠，像从前玩的钢珠赌博游戏，不知道何时便滚落到一个洞中去了，那必然是天与水被捏作一处的所在。

　　收旧纸的人认不出我是因为眼睛坏了。玩凤眼菩提有种越小越好的讲究，已超出佛说校量数珠功德经的设定范畴，如果找到六毫米直径的一百零八颗，最高可卖到十万元。收旧纸的人从产地东南亚批发了十麻袋凤眼菩提，没生意时便拿着卡尺一颗颗量，据说东南亚人特制一组六毫米、七毫米、八毫米、九毫米的筛子，每到凤眼菩提或学名鼠李科枣属植物的收成季节，便将无数种子依次筛过，即为，如果筛眼中有漏种子，那么再换更小尺寸的筛子，直至无漏种子。一开市，最小的种子就已高价卖到北京。可收旧纸的人觉得一定有漏种子，遂将尾货包圆，一颗颗经手，如果穿成念珠，他早功德不可计数。可对他来讲，这仅是种子罢了。量完三麻袋，共得二十七颗六毫米，不仅眼睛不认人，颈椎也坏了。有与他相熟的，往往笑道，剩着这么多菩提子，灌枕头治颈椎病吧。我也想告诉他，其实二十七颗可以了，佛说校量数珠功德经里说啦，数珠一百零八、五十四、二十七皆可。但我又忍住了，怕一旦说上话，便要问他，你为什么不寻旧纸了？你怎么会变成一个卖文玩的人？

在我爸单位一楼的紫光图文快印也遇到过收旧纸的，他踩三轮车来，收打废的图纸样书，我正在隔壁传达室偷信，偷信是为了集邮，传达室接收全国各地的投稿，许多有地方特色的邮票我没见过，还有些虽常见但很难集齐的，例如中国民居，一般我偷到信，便拿尖头剪刀将带着邮票的那一块挖下来，并不破坏稿件。这些邮票得先泡在清水里，把糨糊化开，让它们与信封脱离，再用指尖轻轻擦洗残留的糨糊，换一次水，最后一张张贴到柜子门上，等第二天干了揭下来收入集邮册。我对集邮并不算热衷，只单纯打发时间，偷信偷得不勤，况且这楼里不止我一个偷信者。收旧纸的见到我，没太吃惊，他像是顺口提了一句，上面两个杂志，五六十年代便刊行了，每年处理很多废纸，有没有办法搞到知名作家的手稿？我问，哪些知名作家？收旧纸的撇撇嘴，巴金，叶圣陶，你找找。

我还不是古玩商，不然就会去阅览室翻一翻过往的杂志，对知名作家进行一番统计。我只晓得，杂志社收到的稿件，以八百字或一千二百字的稿纸誊写，打印的相对少见，大家都买不起电脑，但偶尔也会夹着一张三点五英寸软盘。根据偷信的经验，有些稿件字数奇多，简直是寄来一只包裹；有些则轻飘飘的，大概只有一两张纸，多半是寄给一楼的扬子江诗刊。扬子江诗刊的人好像一周只上一天班，好像上了班也不取信，只坐在那儿抽烟喝酒，信箱塞得极满。信薄，邮票就贴得少，往往是中国邮政最普通的那款。

放风筝与钓鱼其实无甚差别，等我钓上鱼才明白过来，已是二十年后了。大雨后，桥上没什么人再放风筝，就不用担心线打在一起。那时风筝很简陋，是一种糊着纸的蝴蝶风筝，颜色艳，雪青，用几个大圈渲染出翅膀上的花纹，不太像蝴蝶，像大蛾，背上都是眼睛。买风筝得会挑，大多都头重脚轻，放到天上打飘，横过来，失了重，一顿一顿地平落下来。挑不好也有补救的办法，但需要些技术：在蝴蝶两个尾巴上系狗尾巴草，讲究些就扎上布条，使它能站起来，吃住风。有时候还须一边系得多一些，另外一边系得少一些，架子本来就不平衡。哪怕风筝不行，大家也不会去找卖风筝的人，毕竟三块钱一个竹子骨架的风筝，一块钱的轱辘，线五毛，至少能玩一下午，更何况，换一个还可能更不行。技术好的能在河上放好远，不过瘾，就去找放风筝的再要五毛钱线。越远越难把握，我手持轱辘，双脚钉在桥上，忽然世界变得稳定，我、桥与河、空中的点形成了坚固的三角形，雨真的过去了。忽然又变了形，先是风乱，水上的风与波浪相互作用，形成漩涡；我手上也乱了，不再有规律地动一动轱辘，或者收收线再放放线，能明显地感受到风筝没劲了；两条边渐渐折至一处，天空像被一个变戏法的人先扯开小口，他隐蔽的拇指食指一点点拉出一条丝布抖落，丝布便是风筝，直向下飘，落入水中，消失不见。变戏法的人和我离得太远，变完风筝，他自己也一闪身消失不见，轱辘上空余很长很长的一块钱的断线。这时候有人骑车从我背后经过，丁零零丁零零按车铃。我转身一瞧，原来又碰到收旧纸的人。他说，看到个风筝，原来是你在放，从河那边骑过来，一开始风筝在我前边，后来就到我后面去了。

他又问我有没有找到知名作家手稿，我摇了摇头。

正巧要去收废纸，一起玩呗。他还是踩着辆三轮车。天又有点落雨，已是初秋了。我坐在三轮车后面，卖旧纸的把雨披借给我披着，自己头上套了个塑料袋，颇为滑稽。遇到上坡时，他站起来，弓起身子，踩上一段。我们路过一些民国时期将领的小楼房，很快便到了。传达室给他两只大麻袋，过秤，象征性地收了几块钱，他就又踩着三轮车，载着我去湖南路菜场后面他所住的平房，雨下大了，还有些冷。我端着个小板凳坐着，收旧纸的去隔壁老太那儿借来一只生好炭的煤炉，二人遂一边翻找一边将废纸投入炉火中取暖。我见过杂志社的征稿启事，最后一行写着：大作请自行备份，恕不退还原稿。如被采纳，本社将另行通知；如三月之内未有通知，则可另投新刊。我翻看了一下，颇有一些日期没有超过三个月的稿件，作者肯定不知道自己苦等时，稿子已被投入火中。为了表示点尊重，烧之前我们都打开稍微读一读，读到了许多情诗。

13

大宝也是收旧纸的出身，他时常有些吹嘘，古玩商大多虚张声势，要么把别人的际遇安在自己身上，要么夸大捡漏故事。如果仔细观察，大宝都对得上。不过这并不能怪我们，毕竟买卖靠吆喝，无非是想卖个高价罢了。一般相熟的客人也就不点破，他们直接砍价。收旧纸出身的与我这种无所谓派又有不同——他们都格外注重字。带落款钤印的书画，刻名号的器物，带边款年份的印章，古籍善本，这些才是他们的重点搜寻目标。大宝经常和我说，他的许多东西是早年由扬泰地区大家族后人处铲地皮而来，最差也是扬州文物商店释出，上面还盖着火漆印呢，火漆印一般屎黄色，蜡似的，坊间亦早有仿冒，不过假的粘不牢，真的才经年不脱落。说着，他手一抠，大砚台的火漆便掉了。大宝活用百度百科，根据器物上的名号查出可能对应的名人，碰到号太讨喜，明至清有三人所用皆同，他会选一个最出名的，复制粘贴发在微信朋友圈中，并附上一段他觉得宝物的经过。大宝对编写故事十分有热情，不亚于《本地历代书画名录》，一旦被坡子街笔会录用，则要加上"坡子街"三字标签，再发一次。他和我讲，这些器物的介绍词已编号，配上照片，录入文档，存在电脑中，万一他死了，儿子就可以用现成的啦。儿子在军队里戒了网瘾，回到地方上，找了个正经工作，前几年，大宝就是个有孙子的人了。他夏天身着飘逸练功服，冬天对襟棉袄，仔细扎一条颜色略有些艳的羊毛围巾，说话带着笑，烟酒基本不沾，一直做厂里的园丁也不肯退休，碰到他，你会不由得感叹，这真是个快乐的古玩商！就是讲话夸张了些。他碰到同华便更要摆摆声势，因为同华也是个爱字纸的；哪怕大宝真的在四大家族那儿铲过地皮，捡了些便宜，也比不上同华是四大家族历史考据人，地方博物馆数条介绍的撰写者。大宝咳一声，讲：本地是没人比我懂书画了，博物馆最近征集到一批东西，几乎全假，要我去做鉴定，我能说什么？告诉他们打眼了？又不给我鉴定费。顿了顿，眼珠子转了转，倒不如把《名录》里的打包收走。同华不语，专心开车。大宝从青藤的草书讲到祝枝山的楷书，又提及报恩寺里董其昌的心经：哎，这人也不怎么样，不然人民群众怎么抄了他的家呢？况且，十几年前寺里一场大火，烧了六七小时，早就都烧掉了，找人到南通做了一张假的。

同华从后视镜里盯了盯大宝，假的？怎么个假法？大宝晃着脑袋，纸不对！

——怎么个不对？

——一看就不对，做旧的方式有问题。

——具体什么问题？

大宝摸摸额头，是一个烦恼达摩了：老纸的黄色，不仅是氧化所导致，为了防虫，染黄过一次，用的是黄檗，所谓硬黄一卷写兰亭，现在仿制往往不知有防虫之步骤，直接做旧，仔细瞧不一样。

虽然我看不到同华的面孔，但我知道他又笑起来，每次他开玩笑时耳朵总动得很灵敏，据称是票戏养成的习惯。他说：报恩寺所藏董其昌心经，泥金写就，用的乃是瓷青纸，别名鸦青纸，是深蓝色的。

我也不曾得见报恩寺的董其昌心经、历代贤妃图、八大山人册页、七千八百一十六卷乾隆的《龙藏》，汝帖呢，空有一个传汝楼，并不存放于其中，传汝楼只是汝帖的衣冠冢。同华笑道，衣冠冢有点过分，不如说，传汝楼有一种象征意义，"传"字嘛，意味着汝帖存在，且会一直存在。此时我们已将大宝捎至老街店中，顺带买了两只草炉烧饼。本地不兴吃饺面配烧饼，嫌吃得一肚子面，不好消化，二人转去城隍庙旁的豆浆摊子喝碗淡浆。烧饼上芝麻很多，咬一嘴掉一身屑子，我拉起衣摆抖抖，抬头看同华放下碗，即刻就要说起故事，赶紧抢先，这批书画极少展出，其他的也就罢了，但和尚们自己偷偷看历代贤妃图，不与民同乐，讲不过去。同华正色，庙里的和尚也看不着。东西在银行保险柜中，这是报恩寺传统。我用手指沾着芝麻一粒粒吃着：知道和尚们爱藏东西，放银行保险柜还是头次听。据说某庙中有个名碑，历代书家都要去观摩，碰上战乱，和尚们将碑藏起来了，一直没松口说出藏在哪儿，前不久有人找到了，发现原来是字朝下当桥板，遂站在溪水里摸啊摸。摸出了碑上面的字。同华嫌烧饼干，又叫店家添了半碗，我也头次看到豆浆也能半碗半碗买，可能是本地传统。他讲：有点玄，感觉是大宝写的小说。石碑有白石的，有青石的，挑选时很有讲头，青石有名的是阳山碑材，白石有曲阳白石，质地不同，铺在地上一瞧便瞧出来，对着小溪摆不合理，雨虽打不着，但大几十年日日不断的溪水腐蚀更要命，石头是一片片剥落的，字刻在表面，剥个两层，就只留下个印子，什么都看不清啦。本地庙里的碑大多人找重刻过，稍微好些的，也是因为本来立在亭子里，你们那儿有个开了许多裱画铺子的碑亭巷，对，正是这种碑亭。我拍拍手，你此番话也是大宝风格。如果是你，你藏在哪儿？同华哈哈一笑，我把它劈两段，砌成灶台，字朝外，贴层砖，时事再变迁，人也是要吃饭的，总不能把我家厨房砸了吧。我知道他快上班了，便也胡说，那你家就叫传灶楼吧。

14

南舟和尚当中有段时间没有做报恩寺住持，由法弟苇宗替他。苇宗在闽南佛学院学了几年，归来又在报恩寺数年，南舟看到他眼睛露光，走路脚后跟不着地，觉得异相，害怕他活不长久，便这么定下来了，怕遗憾尔。随后，南舟由方丈室搬到藏经阁东房的前间。读南舟自传，我发现这是他最为悠闲的时光，南老记忆力很好，哪里讲学，哪里兴庙，收了多少租子，支出多少钱物，几十年后仍一笔一笔清清楚楚，可这段时间，他说"为学僧讲课，讲什么，记不得了——"，这是一九四二年，他也不过四十出头，夏天去姜堰讲经，观音庵托他收两个孩子为徒弟，一个起名叫法骈，另一个叫法骝，都是马名，他遂带着这两个孩子一起回去了，智老人坐车，他与孩子步行，三十里地也走得，薄暮时分便达报恩寺。

加上之前还收了个徒弟智叡，差不多同岁，都是十岁十一岁上下，可以作伴，就一起住到藏经阁东房的后间，三个孩子睡在两张合起来的床上。藏经阁藏的经，当然就是龙藏，据南舟记载，运来时都是宣纸卷儿，折成经摺就花了三年，还得给每一册上香樟木版，每十册便入同为香樟木所制的盒中，一共装了七百二十盒，木版与盒上都要刻上经律论某本某册，刻字中用孔雀石研磨制成的绿漆涂色。这七百二十盒装在上了三层清漆的香柏大橱中，百虫不侵。然而藏经阁大柱子裂缝里排着整整齐齐的臭虫，南舟日记笔触细腻，这一节颇有闲趣，对藏经阁的小动物们进行了一番观察，也是我最喜欢的段落，忍不住摘抄在此。

有关臭虫："每晚我拿着烛火去照照小孩子时，尤其智叡，有臭虫拣被单与小孩颈间皮肉相连接的地方，后面两只脚搭在被单上，前头的两只脚搭在皮肤上，慢慢吮吸小孩子的血液。被单一有动摇或孩子翻身，它马上两只前脚收回来，从被单上逃走。"

以及蟒蛇："还有一件奇事。大楼砖墙的内面，所有柱子都有一半包在墙内。年代久了，砖块与木头多有几寸的距离。某日晚上，照例去照顾小孩时，见到一条大蟒蛇——肚皮的直径有二寸多，在那裂缝里蠕动。我向它一顿祷告，没有再理它。它从何而来，何处而去，钻在那砖墙缝子里，又何所为，百思不得其解。小生物的生活，人类有许多莫名其妙。"

三小徒将蜡烛插在香炉中，又用玻璃瓶置于火上烤锅巴吃，弄得满手满嘴黑灰，一开始还不承认，后来再问了才说，南舟又气又笑，此事也一并记之。

　　其后日记中再无提及此三小徒，一是时局动乱，聚散无常；二是南舟数年后便离开报恩寺，四十年未归。我想到所住庙中的小虫，如今木柱都用制经版的香樟木，再无排队的臭虫了，但那些大蛾、蟋蟀、花盆下的鼠妇与长虫，只要你翻翻看，它们就会出现。

　　另外，大宝提到的大火，烧的是报恩寺的最吉祥殿，从晚上七点报火，到十点多火扑灭，烧了三四个小时，并不波及藏经阁。据说把大殿上的一根明代房梁烧没了，现在已经很难找到如此庞大的一整根木头。房梁上刻了些字，同华曾背给我听，我回到庙中小床上即忘了。问他起火的原因，他说，一说是旱雷正好劈在大殿上，另一说是庙中最老的小和尚，也是守殿和尚，一直住大殿后面的小间，负责敲早晚钟的，肚子饿想用热得快泡些藕粉，结果电路老旧起火。同华表示他偏向第一个讲法，哪栋老建筑不会被烧一烧呢？我问他，什么叫最老的小和尚。同华道，一些和尚到老了还是小和尚，好像报恩寺里他年纪最大了，法号里带个马字。

　　最吉祥殿里有口钟，最老的小和尚敲的便是它，不过，新年的头响必是留给最大的施主。钟身遍布香油灰，钟槌上拴着红布头。白天，最老的小和尚坐定于文曲星像旁，拜文曲星的人最多，都是家长带着孩子考试前夕去拜，遂摆上一张桌，桌上放着捐款簿，信徒随喜后，自己将名字填上，名字可以写简字，捐款数额则要大写，以防做账时擅改。有些寺庙改由二维码随喜，微信名与照片自动记录，始终没有在纸上来的慎重。最老的小和尚用红纸写了壹贰叁肆伍陆柒捌玖拾仟佰万等字，贴于桌角，方便施主们对照。可以看出，原来还有个亿字，可能实非必要，便遮起来了。最老的小和尚有些委屈，这些数字刚做小和尚时就学了，他能写得很好，也写得很黑，用的是一得阁浓缩墨。不论捐多少，碰到小孩子，最老的小和尚都要拿一颗花生糖，老式油纸包装，模模糊糊印着蓝色花生图案，比起苏州庙里给粽子形状的松子糖，便宜得多啦，而且每一颗中至少有四颗花生。超过伍拾圆的，则送一个小莲花灯，灯里头有张小纸条，还可再写一次名字，最老的小和尚会取出竹竿，将它挂到离大殿顶子最近的地方。有的小孩结伴来，许了心愿后偏要挂在一起，最老的小和尚找了个宽敞的好位置，文曲星的眼睛朝那个方向看呢，我挂到目光里面去，他调皮得很，不仅抬起手臂，还做出要跳一跳的样子，将莲花灯挂得很正。可倘若有人要敲钟，他就不让了：摸一摸红布头，摸一摸钟身子上的大鼓钉，沾沾福气即可。故而，红布头总是被摸得很脏，像很久没有洗的红领巾；钟身子上的大鼓钉格外亮，人们伸手一摸，闻闻手上，一股子香火味道，确实是福气。

出最吉祥殿向左，走百多步，还有一口钟，既不让敲也不让摸，据传是南唐永宁宫的旧物，后来挂到本地钟楼，钟楼塌了，又挪到了烈士祠。我读了好几篇措辞内容极为相近但署名并非同一人的散文，皆提到此钟，说它造型古朴，身上隐约有同光二字，证明铸于同光年间。但我推测，这几篇文章的作者们从未亲眼看过此钟，因为钟侧面有一个不大不小的洞，不至于注意不到，可能是锈洞，也有可能是被小型炮弹打中了。我怀疑这系列散文是自动投稿机的手笔，它的最新功能是微调某些语句顺序并随机选择笔名。不过，无论如何，重复使用并强调的内容中总是蕴含值得关注的信息，无关乎有用或无用，真或假，它只是提示我们，这儿有颗小钢珠掉入洞中了。其一是此钟最早的一张照片，题记为《革命烈士碑亭落成全影》，小字标注年代为一九五五年一月十九日，虽是"全影"，但很明显，照片被截去一部分，烈士碑亭只剩三分之二，不过碑文清晰，使用现代美术字形（略有隶书感），繁体，为"生的伟大，死的光荣"二联八字，二联正中是闪闪红星。照片中有三人，由于并非全图，结构发生改变，更像是一张三人共游留念照，其中一人坐于台阶上，另二人似情侣，站在碑亭围栏后。照片右三分之一有两口钟，皆放置于泥地上，后方背景过度曝光，不过依稀可见是一小斜坡，坡上十数棵小树，应是碑亭落成而新栽的。怎么看两口钟都像暂时放置于此。左边弧线优美，钟口成莲瓣形的，正是那南唐钟；右边的方头束腰，颇有拘谨之感，应是清代钟。另一是段文字，讲的是妙闻和尚一九八八年带着南舟的保险柜钥匙回来，久违地看到此钟，"由心羡到心动"，遂提出申请，将其放入报恩寺中。申请批准后，我想妙闻应是十分开心的，他立即为钟建了一个小小的红亭子。隔着红色栏杆细看此钟，确是年份古矣：钟钮龙身拧立背部高耸，力度感十足；牡丹花纹饰的花蕊部分刻画为大如意图案；莲花为小瓣，突出中间的正圆莲蓬与莲子，红花莲子白花藕，必定是红莲了；钟身上主要为方形构图，三个方块套成回字形，围成两圈，间隔以简洁的双起线弦纹；整体造型流畅朴素，却不笨重，至钟尾，线条自然垂落。妙闻讲得很含糊，"这钟以前常常见到"。一九四〇年，日本人轰炸本地，李长江驻守，见此钟遭受炮弹而不毁，特建"古钟纪念碑"，提及此钟的另两个名字，"飞来钟"与"钟丈人"，作为守护本地的宝物，自古以来颇多跪拜焚香，民众亦感亲切。一九四〇年妙闻已二十岁，是该见过。不过他说"这钟本身是庙里的"，这便让人费解了，注意，钟身饰有一圈八卦图案，证明此钟原本就不是为佛寺所制。这么看，的确由心羡到心动。

妙闻随身携带着钥匙与南舟白桥的证明字条，找到上海的中国银行。中国银行早就收到消息，说今日会有个和尚前来寻字画，作陪者为两位居士，特派三名全行最稳重的工作人员前来接待，两女一男，皆佩戴白手套，白手套下面，拇指与食指微微翘起，是因为他们柜台出身，即使被调派至私人客户业务，仍然每日套着橡皮指套，领头男士更甚，每隔一段时间便忍不住搓一下手指，点点想象中的钞票。妙闻交出钥匙后，他们仔细研究了钥匙上的编号数字，去银行档案部门翻出第461号蓝色硬皮笔记簿，找到记录，上一次顾客申请打开是在一九四九年，取出金条钞票粮票地契若干，剩余字画未动。白桥是静安寺的和尚，此保险柜是以静安寺的名义登记的，实际使用者是南老。稍等，在这四十年中，银行曾经统一更换过一次保险柜，其中有六名核心成员在场，互作证人，先分批将旧保险柜中物品取出登记，再移至新保险柜，并记录新旧钥匙编号信息。妙闻的钥匙是千字文编号，对应至新保险箱的阿拉伯数字是651。然而抱歉，651号保险箱倒数第二次记录为"静安寺寺产，打开后收归国有，接收方，上海博物馆"，所以现在的651主人已更换，是一名上海普通市民。

一行人并不放弃，遂又至上海市博物馆询问，南舟和尚心细如发，从小练字，将字画存入保险柜之前，加入了标注字画名与"报恩寺藏"四字的楷书题签，并一式三份，白桥处一份，银行处一份，自留一份。博物馆库房极大，地上整整齐齐一排排或大或小的木箱，架子上有各类卷轴与装盒，博物馆库房答复，确实非常时期送来一箱静安寺被查抄之物，目前已按年代作者分别归置各处，还好题签尚存，可一一找到。题签上有南舟与白桥钤印，与妙闻随身携带南舟白桥之印章吻合，此时南舟去世已有五年，白桥一年后亦圆寂。

妙闻和尚处完保险柜事务后携带字画返回报恩寺，应当算是相当圆满，为何他还会心羡南唐钟呢？同华告诉我一个略有些强词夺理的解释，称钟楼废弃后，由二位比丘尼长住，钟也就归于庵中，报恩寺大丛林，本地乃至周边所有大小寺庙住持任免皆由报恩寺定夺，推而钟楼小庵的钟也算是报恩寺之物罢。我始终觉得有哪里不对劲，查阅南舟日记，他曾提及报恩寺原是禅寺，乾隆时期也破败过，后东台人炳一律师路过挂单，发愿重修，改报恩寺为律寺，第二代西霖律师接任住持时说"有大钟在，这是复兴之象征"。大钟是否就是南唐钟，亦无可证明。一九八八年是报恩寺又一次重修时，或许此中有暗合之象征也未可知。

然而妙闻只选了南唐钟，《全影》中另一口清代钟，据同华说，现被安置于本地博物馆。

15

　　南舟师有一个观点我十分赞同：庙里可读的书太少。南舟当小和尚时，机缘巧合读了一组小说，从此心心念念，埋怨无处长知识。那时候当和尚也不需要多少知识，放放焰口就行，远不似现在，到处都是能随口讲法的高僧。放焰口是布施饿鬼，念一套陀罗尼经，是梵文咒语转写的发音字，不需要理解，硬背即可，念来念去都是同一套；吹吹打打倒是需要一些真本事，有《玲珑塔》为证：青头楞会打磬，愣头青会撞钟。僧三点会吹管，点三僧会捧笙。奔波儿灞会打鼓，灞波儿奔会念经。管吹打的都要喝酒吃肉，我爷爷下葬前，我爸找了一条装了发动机的柴油小船，在家附近的河道里飘荡了一圈，算是归游。冬天，河中都是碎冰，冰里冻着一些碎稻草，皆从船侧身刺啦刺啦划过去了。我趴在船沿上看，水中还扑突突冒着气泡，据说是水底的鱼受惊吐气。我爸跪在船头，手捧骨灰盒，头上系张白麻布，叔叔姑姑在后面哭。哭声在水面上散开，过小桥时，却仰头望见领头吹打的已经做完我家的法事，正在回去的路上，他穿着一身紫红袍，不怕冷似的敞着怀，外面套着一件翻毛羊皮坎肩，一手提着供奉用的大猪头。大猪头被风一吹，脸上也是紫红。一般吹打完，猪头都是归领头的，家里人还细心地扎上草绳，在下腭处打了个结。领头的脸上颇有些欢欣，见到我等一船人，赶忙桥头站定，带着猪头双手合十唱了句。

我在庙里的小床上躺了一会儿，刚放过午饭不久，外面太阳很大。正午前后是庙里最安静的时刻，和尚们都不知道去哪儿了，只有塔上风铃轻微的丁零声。我突然想起，念书时读过毗奈耶的部分内容，可谓事无巨细。同样以释迦牟尼的对话体展开，却是在不同层面上讲道理，倒也不能说世尊说的没什么道理，但相比那些突然的启发与宣示，那些譬喻故事，这些像是掉入家常之中。有比丘尼去问世尊能不能用空青点眼，世尊趺坐，讲，如果是为了治疗眼病，是可以使用含有空青的药物，但如果只是为了化妆，用空青这种颜料描在眼睛上，万万不可。有比丘去问世尊，同一间房的和尚死了，他留下了几根针，一件衣服，该怎么分呢？世尊还是趺坐，这些物什应该先交给寺里，再重新进行分配。又一位比丘问，世尊，茅厕里的草纸用完了怎么办。可以再去买吗？世尊点点头，可也。——这么说，的确是不算有书看的。

遂再去花园转转。花园的池塘里终于放上了一群红色小鱼，听到人的脚步，便一拥而上，仰着头，口一张一合地在水面上争抢起来，我在水边静待了一阵子，它们感觉到什么都没吃着，便又散去了。小门仍半掩着，新屋子仍未动工，泡面碗已被清走，只剩下几个烟头，或许和尚也抽烟。井栏两三个一组堆了起来，上小下大，像堆螺帽儿。我挑了个不高的坐了一会儿。忽然想起大宝上次吹嘘，提及他也和庙里打过交道，卖过一个有刻字的井栏，明代的，型很好，一看就是放在文人花园中而非普通百姓所使用。我问他，刻了什么字。大宝想了想，货是徒弟日行万步弄来的，就是上次我们去南通时的司机，字很有意思，为"观天"二字。我摸了摸头，跳下井栏堆，寻了起来。我绕着一个个井栏堆绕圈，忽然发现它们好似最早的窣堵波，绕了半天，前几个窣堵波上面都没有字，倒是几个井栏缝隙中居然已长出瓦楞草，这种草一般长在屋顶上，能生得很长，风一吹噼啪响。工地上都是白砂土，草籽可能是井栏自己带来的吧。摸到倒数第二个井栏，有了，感觉是一个"天"字，但奇怪，为何刻得如此之浅？我遂蹲下来，打开手机上的电筒照着这字，原来是个粗糙的"大"字，再往旁边摸摸呢，果不其然还有个"小"，字刻得歪歪扭扭，应是小孩子用硬物使劲儿磨出来的，毫无笔锋可言，甚至这两个字对得还不齐。挪了半步，又发现了一个"好"字，两边分得很开。我想继续再摸个

"坏"字，可惜找来找去，只有几条极深的绳索勒痕。

16

继续向前追溯。除了细小的白蚬子，还有麋鹿角。如果逛过全国各地的地摊，便可发现一个规律：地摊哪怕无一真货，摆摊哪怕无一当地人，也一定会出现具有当地特色的物品。即使物品本身是新作的，且我们所观察到的特质在时间中扭曲，变形，甚至缩减至极微，也能被立刻认出。这是我在杭州摆摊时，旁边一位老者所言。老者仙风道骨，留着山羊胡子，他也卖假蜜蜡。由于古玩商之间有个心照不宣的礼仪，即不当面争辩对方东西的真伪性，故而我二人只对抽象"真伪"概念进行了一番讨论。五点钟天未亮就在原杭州第二百货大市场处铺摊，至中午时分，第一二批老客都已逛过，期待成交的还留在手中，不看好的反倒卖了个好价钱，人松口气，开始疲倦了，左右便会聊个几句。老者的假蜜蜡是较为精致的树脂加工品，做成各式扁或圆的珠子，有的还掺了香精。老者向大家介绍说，此乃清代鸡油黄蜜蜡的特点，带着浓郁的松香味。他的生意很好。这个点儿，卖盒饭卖片儿川的小推车来了，他遂提出请我吃碗片儿川，还颇为得意地拍了拍腰包，问我要不要加份肉丝。我摇摇头，雪菜就好。老者继续说道，仔细看，这三百个摊子里必然有卖城市遗址瓷片的，杭州被元兵攻占，烧杀打砸，所余完整器物极少，我们看到的就是时代碎片了。我喝了口片儿川汤，有点咸，随口问老者，如果有一处地方，特色就是假货，那么它的地摊会是什么样呢？老者是否回答我已忘了，吃完饭不久，我看人流稀少，没有必要耗到一日结束，便将大大小小一堆杂件重又用报纸包好，买了张火车票，去往另一大集，跑货生活即是如此。

　　我是在我爸任教的高邮师范的宿舍里出生的，出生后不久，我有了一辆红色小车，我妈是个洁癖，很爱给我穿白衣服，觉得白色一旦弄脏就可以看见，她不怕天天洗衣服。他们帮我摘了一朵红色的花，别在婴儿车小桌板旁边。我在高邮师范唯一的照片就是在此刻拍下的，照片中我穿着白衣，兴致勃勃，捏住花柄，皱着眉仔细观察，并且很想将它拔下来，看看花柄的断口。另外我总有依稀的印象，一个大沙坑中堆着许多黄沙，用来和水泥砌房子。驳船运来了沙子，成了游戏天地，沙子里混着细小的白蚬子壳与稍大一些的螺壳，我以为只要数出白蚬子壳与螺壳的比例便可知海的一个秘密。现在才晓得，这沙并不是驳船从远处的海里运来的，它就是本地河中的黄沙。我爸的记忆无法再向前推进，因他每天不是掼蛋就是下围棋，此二涉及更抽象的数学与空间问题，占用了他极大一部分时间。故而，众人看完我出生的那间屋子的纱窗（纱窗早已换过），就来到一家饺面店吃饭。果然，行至高邮，饺面就要配烧饼了，烧饼是最简单的鞋底烧饼，只分咸甜，不做插酥与龙虎斗；饺面也是此地特产，铺子卖饺子也卖面，便写在一处了，饺子其实是一种大馄饨，有荠菜和韭菜的，面是水面捞出干拌虾子酱油。有些人也爱吃汤面，吃不够的话，面汤中得要再加几个饺子。

饺面店收了些破桌子烂门板，劈开了烧火大锅煮面。无人记得它何时开张，但觉燃旧木头颇得传统，便一致认定，三十年前吃的就是这家，顿顿早饭都来，吃完再去上课。我一只烧饼下肚，又来了碗拌面，饱得很。快到五点，面馆中十分热闹，连院子里的长桌上都坐满了人，其中有几位老农，想来是住在附近的熟客，我爸与他们对看了几番，互不相认。这让我对诸种追忆产生了一些怀疑，但我爸坚持认为，只要他将白胡子刮了，大家就会一下子认出他，你不知道，胡子对一个人的影响有多大！这家店名叫小六子饺面馆，小六子当年也就是个小毛孩，比你大不了几岁，还在门口丢外外壳子呢。（本地叫贝壳外外壳。）锅很大，噗噗往外冒着白气，众人额上皆出了些油汗，却仍都吃得很专心，虾子酱油加上猪油，点上一撮切碎的生韭菜，真香啊。

来路上，我见与小六子饺面馆同条街不远处有一家旧货铺子，便趁着大家吃得一头劲，偷偷走出去。街道没什么特别的，沿路只要有空出的一点土地皆种了菜，墙头爬满紫扁豆花，几处藤吊着老丝瓜，没人管，等入冬皮肉缩了自会摘下取其瓢子刷锅洗碗。空气里有一股轻微的粪便沤肥的味道，混着烧稻草与木头的烟气，热热闹闹的。旧货铺子也没什么特别，玻璃门上贴着不干胶红字：出售回收旧家具，瓷器，杂件，钱币，名烟名酒，冬虫夏草，超市购物卡。旁边另一户人家木门开着，一个老太正坐在门口择菜，仍是灰色的竹布衣裤，手上戴个金戒子，耳朵上坠着金耳环，三点金色在傍晚中忽地一动，又像闷热夏末自身泛起一点光。推门进店，冷气开得很足，一个烫了头的年轻人在看抖音。我四下打量。此处是大运河驿站，南来北往的商船须停留一天，等候放行。角落地上放了不少碎瓷片，大多明清，少数唐宋，应该都是附近收的。年轻人抬头望了一下，问我要找什么。我表示都可，好玩的都看看。他嘿嘿一乐，钱币要不要。我晓得大运河沿线，特别是古河道附近，用金属探测器能探到不少古钱。现在科技昌明，金属探测器能显示深度，金属种类，运气好还能探出金子。我有个山东朋友，成天联系不上，白天睡觉，晚上探测，经常送我一些边角料标本，比如顿首再拜印章的一角，只得个顿字；一个刻着点数的宋代小砝码，我一直拴作手铆坠儿，骗大家说是度母造像上的骰子；几个嵌了铜的羊骨嘎拉哈，古代赌博用的。他偶尔会找到稀罕的汉印，若在以前，估计能卖给罗振玉，于是消失一阵子，赌钱喝酒，把钱糟蹋完。什么都探不到时，就在河道土里翻古代莲子，和人吹嘘是宋代的，其实土层早就乱了，大多数是民国的。宋代莲子难发，发出来开单瓣花，花色清淡，年份晚一点点就变成多瓣花，谁都不知道是什么原因。莲子弄完了，就抓蛐蛐儿，反正山东产蛐蛐儿。冬天，蛐蛐儿也到了寿限，便在大运河上野钓，一晚上弄十几斤鲫鱼。上一次联系我时，他已探了一个多月，尽是一些品不好的散钱，晚清民国的铜锁钥匙之类，突然出了一个民国结婚金戒子，这还不算什么，关键是，戒子上还有一颗大钻石。他兴奋得不得了，和我说，色戒里王佳芝的鸽子蛋让他给找到了。照片还没发过来，却又发现，那大钻石是人造玻璃的，他割了割当代玻璃试试看，玻璃没坏，大钻石反倒花了，变成毛玻璃。为何用了这么许多的金子打戒子结婚，却要镶嵌假钻石呢？民国人真是莫名其妙。

　　年轻店家取了一沓盒子币给我看，本地探测出的大观、崇宁、周元等等，品相不错。所谓盒子币，是指经公证机构鉴定后装盒密封的钱币，盒子上标明年代与评分。一枚蓝锈大观折十上标着美品八十五分。我兴趣缺缺，市场上几乎百分之百假货，商家才想到这个办法，但这么一来，看得着摸不着，就少了许多乐趣。据说瓷器也装盒了，有人把极美品九十五分晚清民国喜字大罐摆在客厅电视柜上，外层套着正方形大塑料盒，盒子上贴着亮晶晶的防伪标识和二维码，扫一扫便知来路：里下河地区民宅，价格三千元正。相比之下，量子文物鉴定仪倒是更为天马行空。店家见我出神，便从柜子下面翻出一些杂七杂八，指了指，这堆零零碎碎是自己弄的，保真。店中还放了不少假佛像，福建仿作的文房对联等等，可能是手势出卖了我，或者到了吃晚茶时分，他也懒得再编造故事。我随手翻翻看，新石器时期的破陶片，碎钱，民国草籽念珠上穿着银锡空心小元宝，明代通景戒指，还有一只极轻的麋鹿角。遂问他，这角是从哪里来的。店家从手机上抬起眼，和破陶片一处捡的。原来更多，捡了十几二十年，现在少了。捡回来切了作烟袋坠子，风筝轱辘，绕线板子，带尖头的作解绳器，挑开系小船的麻绳。你要就给十块钱吧。

17

　　龙虬庄本来叫一沟。新石器遗址发掘后，原地建造龙虬庄遗址公园。公园中有座小小博物馆，其中某玻璃展台放着一些本地先民以麋鹿角磨制的工具，有角锄、角斧、角叉等。这是博物馆中少数的几件真品，其余大多为复制品。龙虬庄最有名的出土文物是一组黑陶小猪，由大到小共九只，有的瞪大双眼，有的横着眉毛，可能为祭祀器具。南京博物馆见之心羡，纳入库房，并各送了龙虬庄与扬州博物馆一套复制品，据此地知情人士说，这套复制品做得很好，成本就得一万元。黑陶小猪遂成为龙虬庄博物馆与扬州博物馆最受欢迎的展品。一九九三年发掘，亦出土一片刻有四组图形的陶片，报纸上诸多争论，其时一名数学老师孜孜不倦地想要破解密码。裘锡圭指出，这或许是先人发明文字时误入歧途，但数学老师同意另一路观点，即此乃真正的文字，比甲骨文更早，是文字历史的开端之一，也就是里下河乡愁的起源。

接下来的三十年中，数学老师时不时投稿，更新他研究龙虬庄遗址的成果。他试图将本地先民与世界相连，与我一样，他也早早关注到细小的白蚬子壳，便将海岸线向前推进，不仅里下河平原，甚至扬州都与海相接，也就是说，我们的先民可能是由海上来的，他们甫一到达，里下河便成为新世界的中心，姑且称之为"里下河登陆"事件，这就像用一颗图钉将漂浮的命运牢牢钉在了一小片土地上，但要说一切都是随机选择也未必，先民一定是遥遥看到了麋鹿群，这是水草丰饶的象征。在出土的动物骨骼中，麋鹿头骨与猪头骨比例高达一比一，这也意味着，麋鹿与猪同样作为驯化动物，在里下河先民的生活中占有重要位置。"里下河登陆"之后数百年，聚落生活使得人口增长，里下河先民便向南北扩散，有的沿着陆地，有的顺着内河，由此发展出各具特征的诸文化。

我不是很赞同数学老师，风险太大，这一群海上来的人，或许都还不会制造真正的小船，那么他们很可能是划着小舢板，若有风浪，"里下河登陆"便化为乌有，推论全盘崩溃。依照山东朋友在大运河一线的探测经验，地层是混乱的，若我们对以往全然无知，那么根据随便某一天探测器扫出的器物进行推论从而展开的一段叙事只能是自身经验的映照。无论假装成什么口吻，从古玩商的角度来看，都是以赝品解释真品的那一套。不过，从二〇一〇年起，他的研究中断了一阵子，直到最近才在本地晚报上发表了一篇驳斥文，一位外地古文字爱好者号称花了整整一周揭秘龙虬庄陶片，题为《江苏扬州人的难言之隐》，说陶片上文字图案其实是肛门、生疮、忍受、疼痛、走路、辛苦、流血、摇晃八词。这篇文章让人忍无可忍，首先作者极不负责地将里下河先民简单定义成了扬州人，忽略了他们的外来属性，也就是说，完全消解了"里下河登陆"的意义；其次，陶器刻上文字，必然具有祭祀意义，文字是神性象征，是现象抽象，是空间重组，先民绝不会如此郑重其事地刻下这么一行几乎像笑话一样的文字。

驳斥文中亦没有给出新的解释，反倒语气中出现了一丝犹疑。我想这和二〇一〇年前后有人在文物市场上买到了我的老家兴化出土的类良渚玉器有关，当时几个苏北古玩商因非法倒卖文物罪被抓进监狱，录口供时拒不承认罪行，像是对好口径似的，一口认定他们是从日本人手里抢救了国宝，"卖给自己人总比被日本人搞走要好吧"。兴化当地即刻派人调查所谓日本田野蝴蝶考察团一事，的确，我老家除了大闸蟹，就是油菜花，油菜花里最多飞一些本地人称为菜粉蝶的寻常蝴蝶。这才知道此地连续几年挖掘到石器玉器等，与杭州附近的良渚文化极近似，唯一不同点：良渚地区的土壤为酸性，出土玉器表面皆为酸性腐蚀白斑，而兴化蒋庄土壤温和偏碱性，玉器并无蚀斑。收藏者由苏北古玩商手上买入后，便因沁蚀不对要求退货，后者赌咒发誓是真的，是北方良渚。收藏者哈哈一笑，你说崧泽文化、阴阳营文化还略微有谱，自古良渚不过江，过江不良渚。双方置气，下了赌注，苏北人性子狠，说不赌金钱，赌三十年阳寿，找了博物馆鉴定部门，遂暴露。很快消息上了报，几位古玩商只是交了些罚款，新闻里说他们是"文物爱好者"。

蒋庄的良渚风格非常明显，是浙江中心区由南向北强力扩散。一沟与蒋庄如此之近，却显示着两种特征，证明各具其源头，至少蒋庄并非一沟先民聚落单向迁徙而成。

"里下河登陆"说也不至于全部被推翻，登陆仍是成立的，或许有好几个登陆点呢？或许是里下河先民发展到某程度再受到良渚中心的影响呢？不过，想来数学老师并不会接受，毕竟"里下河登陆"说中隐含着中心主义理论，放置于江淮新石器文化圈内的确可以说得通，青莲岗、青墩、南荡、唐王墩、周邱墩等等，都是它的辐射范围，然而事实像雨点，前前后后落在河中。蒋庄人发了我们一人一双胶鞋，走了一公里泥地，即到遗址，左侧有一条较宽的水路穿出，应为泰东河。遗址范围挺大，更确切地说，虽然考古后，将墓葬群区域划出，但大部分未清理，仍藏于目光所及的土丘与田野下面。吃完晚茶后落雨，远远近近起了层水雾。雨点落在河面上，每一滴即形成一层层圆形涟漪，涟漪扩散，碰到其他涟漪，雨点，水波，连成一处又像是复写的文字笔画了。

不过很明显，蒋庄人对"里下河登陆"理论没什么兴趣。因为没有文保资质，考古队来过以后，把陪葬的大璧大手镯一收，放到上级博物馆去了，油菜花开得照样灿烂，年年菜粉蝶飞得沸沸扬扬。不是酸性土还有一个好处，即别处良渚遗址的人骨过了五六千年都化光了，蒋庄地里的骨头还保留得完完整整。有人说，应该收一收，和附近这几个庄子的骨头一起化验一下 DNA，看看到底有

83

没有亲戚关系，免得天天在晚报上胡乱猜测。可是，等了五六年，还没有人来收骨头化验，打电话问考古队，那先人们怎么办呢？考古队答复很简单，用密封塑料包好了，别动它。其中一个墓穴是船葬，证明至少蒋庄先人是会开船的。冬天，里下河的风很冷，守遗址的人喝夜酒，听到老鼠在啃木头，遂打报告，通知上面，塑料膜破了。遗址上盖了层蓝色工棚，雨势渐大，我们一行人缩在棚子里躲雨。等了半个多小时，守遗址的人回来了，手里提着两尾泰东河里钓的鲫鱼，几根附近农户架子上摘的丝瓜。他将鲫鱼与丝瓜搁在棚顶，瞥了我们一眼，便转过身去，慢慢拿出钥匙，开他那破屋子的门。我知道兴化人就是这样，他们从来不明说接下来要干什么，总觉得过一下不就知道了么？比如这一堆劳什子骨头接下来要干什么？——果然，看遗址的人又从屋子里走出来，手上拿着几把破雨伞，他嘟囔着，以前考察队留下的，不好撑，撑到车上就行。

18

据同华说，掼蛋起源于蟹黄包的最北线淮安，俗称淮安跑得快，由跑得快和八十分结合发展而来，一九六〇年即初具雏形，到了二〇〇五年前后迅速在江苏地区扩散，这么看，竟然是与淮安蟹黄包冥冥中同步了。蟹黄包大致分蟹粉小笼、蟹黄包与蟹黄灌汤包三类。蟹粉小笼原本是扬州的，后传入上海，建立南翔小笼独特一脉。本地、高邮、兴化、宝应呢，固守蟹黄大包，只做纯蟹肉蟹黄或蟹黄蟹肉猪肉的发面大包子。蟹黄灌汤包则是烫面皮，肚子里一包汤，汤中有丝丝缕缕蟹肉与极少颗粒状蟹黄，吃前发根吸管，先让人把上颚皮烫去一层再说。吸完汤，再将一大张皮叠吧叠吧蘸醋吃喽，咬一嘴滑溜溜的面，意思不大。淮安蟹黄包即是蟹黄灌汤包，近十年中流行起来，因为视觉效果丰富，遂成为欺骗游客与佳节送礼的首选。相比之下，掼蛋倒是种朴素的游戏。一日，快递小车从后门开入庙中，扔下一只包裹，单子上填着"精品刷边扑克牌六副"。我猜和尚们也是要掼蛋的，只是为什么要订六副牌呢？数来数去，庙里都没有十二个和尚。我好奇查阅了掼蛋规则，仍旧是一头雾水，倒是一句心法打动了我：完美的静态组合加动态变化才是取胜之道——可能这就是为什么众人次次吃饭都要玩几把掼蛋，毕竟地方上的菜吃来吃去也无非是几种静态组合，兴化猪头肉、菱塘老鹅、邵伯龙虾、点刀烧刀豆，诸如此类，掼蛋则增加了动态变化，数字组合让人走到更远的地方。我爸讲，围棋看似平静，其实厮杀极为激烈；掼蛋听起来嘈杂，其实诸人内心一片和乐。同华也补充，自掼蛋开始流行，炸金花亦式微。炸金花与金翅鸟类的六合彩赌博更不同，金翅鸟还保有一丝鸟的随意与不确定，炸金花则必是老千了。数学老师是炸上金花才消失的。

难道不是因为发现了苏北良渚？

同华回，和蒋庄能有什么关系。我遂翻出数学老师的驳斥文，将"里下河登陆"理论指给同华。笔名为"周从吾"，与二〇〇〇前后数学老师所用名一致。同华摇了摇头说，这篇文章是自动投稿机整合内容投中晚报的，不太像他手笔，龙虬庄的事已过去三十年，里下河水路相通，没人再关心谁先谁后啦。况且数学老师炸金花欠了债，不敢贸然现身。倒是自动投稿机连上了几乎所有报刊的电子数据库，亦具有极强的网络搜索功能，目前更发明出一套自问自答的写作方式，甚至还把两篇毫无关系的文章联系在一起进行论述。"周从吾"是个很受欢迎的名字，坡子街笔会每月至少会收到三四个周从吾的稿子。

我想起庙里那些兰花，许多都是从安徽山里挖到的野生名种，再分根培育，原先一茎花可值数十万元。兰花盆各具特点，有龙泉，白石，段泥紫砂，茶叶末釉，无一不精。虽花期已过，可是长叶舒展，在罩网的黑色中影影绰绰。便问同华，他是为了有钱买兰花才炸金花吗？

同华摆摆手，炸金花就是炸金花，人炸起金花，毫无道理可言。

现在我知数学老师的逃跑路线，可能十年前某日每一个在庙附近吃早饭的人都见过他。八点钟的课，紧急打电话给学校说他要晚上半个小时，遂骑上自行车与讨债公司兜起圈子。先至望海楼，子母鱼汤馄饨最有名；绕到张二豆浆油条，这里不只豆浆可以半碗半碗卖，油条也能半根半根卖；再拐去暮春街菜场兰花干子附近，卖干子的还未出摊；路过一片单元楼，二十二栋旁边是吃鱼汤面与虾子拌面的；兜进柳园，没想到讨债公司的乔装成钓鱼佬正等候着呢。丢了自行车由莫向外求门下小跑入庙，求知客僧找一处给他躲躲。大雄宝殿后面大施主布施的五台山木雕屏风刚摆上没多久，他便藏身此处。正巧文殊师利菩萨狮子坐骑处有一细缝，他由缝里瞧见那追债的跑进大殿，不好大肆搜寻，只得先由裤袋中寻一张五十纸钞投入功德箱，跪下磕了三个头，膝盖不动，缓缓立起上身，扭头向四处张望，好像动物世界里的土拨鼠。知客僧倒一向谨慎，怕走上前去反而做作，只远远坐在法物流通处查看动静，和尚们各做各事，讨债公司的绕了一圈，无处打听，又颇有忌惮，如此逃过一劫。隔天遂托庙里大和尚找了浙江山里一处道场，大和尚的师弟在彼处当家，他去做居士，还好当时居士无须办证，避了几年后，再无音讯。

但我不知同华所说数学老师自家的庙在何处。可能在明清建筑区附近。此地有一个和尚一个道士，皆有后代。和尚是数学老师的曾祖父，道士则是大宝的师父金旻那一支叫金野渠的。据说小庙外墙刷得雪白，院子里铺了青砖，砖缝里一根杂草也无，摆了四只大缸，两缸种桂花，另两缸种石榴。堂屋中央有尊水月观音，不设楹联，香案上只摆了一个擦得铮亮的大铜香炉。堂屋侧旁有一小室，是曾祖父即老和尚的卧房，大榻旁放着两张小榻，数学老师睡一张，老和尚唯一的徒弟睡一张。夜里，老和尚背法华经给二人听，现在能背整本法华经的和尚也不多了。数学老师出事一年后，老和尚圆寂，唯一的徒弟未到受戒便老早还了俗，却也仍守在老和尚身边，收了舍利子。庙子无人接管，如今还锁着。老和尚圆寂前不置一词，转过头看了看他还俗的徒弟，又向门口张望了一眼，没留下任何纸张谈及庙子，只将香炉里的灰和香头倒掉了。

好在庙子是文保单位，讨债公司不敢上门胡闹泼油漆。学校那里当天辞职，学生们没上成数学课，放鸭子放野了一天，欢欣鼓舞，没想第二天调来本校教奥数的老师来代课，姓苟，外号狗不笑，一直带到毕业，苦不堪言。

那个还俗的徒弟就是我，同华说，又向身后看了一眼，好像有什么人随时要出现似的，到现在兰花也没拿走，真是的。

19

　　大宝家住鱼行村，几条细小的支流由他的院子旁流过。这儿原本是鱼市。大宝小时候就对鱼很了解，就像此地其他人一样，随口便举出捕捞种种方式：鹅毛尾部剪成段，穿在线上做浮标，钓参子，无须鱼竿；水田里放竹筒做的丫子（"丫"念"阿"，四声）捕黄鳝；削尖竹签插在泥中，系上粗直钩钓老鳖，老鳖鼻子灵，爱吃腥东西，钩子上穿一小片猪肝就能引它来，鳖头一吞，钩子受重一横，卡在喉咙里，很难逃脱。大宝早上去收，发现有一支竹签子被老鳖拔起带走了，很是心疼。他想，力气这么大，必定是只大鳖，即使逃走，粗钩卡在喉咙中，它张了口也不能进食，只能慢慢在泥洞子里等死，还不如被我抓走呢。大宝用网兜兜着三四只鳖，这玩意儿以前也没什么人吃，坐月子买不起老母鸡熬汤的才会退而求其次，大宝将它们卖给刚得孙子的某家老太，对她讲，老鳖有年纪的，一看壳，二看眼，长过十年的老鳖眼睛变黄变深邃。老鳖睁眼看了大宝和老太，的确是一双小而黄的三角眼。老太道了谢，拿到一旁鱼铺杀了，杀时发现肚子里还有两颗鳖蛋，便满意得很。日日如此，天还没亮就卖鱼，剞鱼，冲水，尚未走到近头就一股子腥气，如今都没了，大宝的院子很安静，木门头上挂下橘红色的凌霄花，开得极为繁盛，我大学时来的那一次也开着。院子中有对明代白石鼓凳，是大宝故事中用老鳖换来的，上面都摆了盆景，也很雅致。我们正等着大宝出来，支流水略臭，但仍是活水，有人钓鱼。垃圾收集箱上一只野猫正在张望，土地庙小龛对过设了条长椅，我坐了坐，有点儿像等公交车。有个村民也坐过来，往功德箱里扔了五块钱，抽了半根烟。空中有交尾蜻蜓一对，旋转着，翅膀震动嗡嗡出响。转啊转，快要转到河里了，又一使劲儿飞离了水面。大宝这才出来，连连抱歉，说早起侍弄花草，从盆栽到盆景，至少需要二十年，每年需要两次攀扎修剪，五年以后才能定型。忙了一身臭汗，想到今天约去老师金旻家，赶紧冲了个澡。我与同华笑说无妨，三人便上路，一路无话。

古玩的师徒关系极为松散。或许在大集的地摊上，身边蹲着个穿灰夹克的，凌晨五六点，你们挨得很近，天还没亮，要凑上前用手电筒照着看，你怕遗漏了什么，被人抢先买了去，便忍不住再挤过去一点。灰夹克笑笑，对你说，这些没用，都是新作糊了一层泥的。你问，何出此言。灰夹克倒也健谈，压低声音：重量，瓷器第一步判断全凭重量，上手就可淘汰百分之九十九，古代胎轻，一般仿品再怎么做得接近，也重了半成一成。便请他去一边的早饭摊子吃碗豆腐脑。你再问，倘若从未拿起过真品，无从判断重量，这可如何是好？灰夹克再笑笑，往豆腐脑中加了勺辣椒油，将脚缩起蹬在板凳横栏上了。天已亮了一些，你看到他已是两鬓长了白头发的中年人，脸上却又很顽皮，想必是说出诀窍得意非凡。可他不愿再多讲，也的确没什么可再讲，只不过吃完又补充一句，以后拿过就知道了。你还年轻不懂事，追过去想要留个联系方式。灰夹克呵呵一乐，不必不必，从此再也没有在任何大集碰到过他。又比如我，有过三四个老师，算是朝天宫摆摊的第一批河南人，他们专门创造假货，能用泥坯捏成铜钱后挂上一层金属膜，再以药水氧化做出红斑绿锈的效果，或是将真的汉代素璧手工加工成乳钉纹璧。他们在本城只停留了两三年便消失不见，其中一位走之前还画了一幅工笔画送给我留作纪念，画得相当一般。下面几批河南人远远不及他们，毫无想象力，要么翻模复制，要么胡拼乱凑。大概又过了十五年，我听说有人在上海买到了一对宋代仿古铜器，只有底部和瓶身五分之一的部分是真的，其余皆为 3D 打印机打出的纸壳再镀了层膜，人工附着蓝色硫酸铜结晶。收藏者入手后极为兴奋，半夜爬起来赋诗一首，又在灯下捧着细细看，指尖一用劲，掰碎了，露出鸡蛋盒的内里。这一手十分亲切，大概和我的河南老师们脱不了干系。

我存有一张金昃手写签条，原本是附在砚台上的。在庙里待得久了，我问同华是否有个期限，总是赖着不走太像是晃膀子。同华想了想，有数学老师在前，恐怕你这也算不上什么。我也就顺理成章这么混下去，只是眼睛总搜寻带字的东西，现今小说大抵为爱情或悬疑，带进庙中不太合适。古玩商所谓的友谊建立在买卖上，我向大宝买了一方砚台，却懒得问我爸借笔墨练字，便将金昃签条翻来覆去看了多次。砚台很普通，砚池较大，开窗阔直，略微随形，有明末清初风格，背后篆字刻着四句诗，大致讲此砚为羚羊峡所产端石所制，颜色与羊肝的紫色类似，其中翠色相杂，石质细嫩，有了这方砚台磨墨，再以鼠须笔蘸墨写就绝妙好字，便也能像王羲之那般笼鹅而归呢。诗句略俗，此处只做叙述，不再照写原文。落款中有一字连笔。金昃签条上则说明，此砚有清初苏州顾二娘制砚风格，石质是否为端溪上三坑不知，羚羊峡为老坑，与当今石材不同。四角查字法检索康熙字典，连笔字为"聪"的异体字，落款应为"聪山"，判定为申涵光所有。后文为申涵光生平简略摘抄，此处不表。

　　签条是老式蓝格稿纸裁下的一截子白边，字是圆珠笔写的，工整清秀。我撕了晚报一角也尝试划了几笔，的确没有那个时期人特殊的收拢手脚的气息。在清凉山废品收购站翻找时经常会碰到报刊摘抄，每日记账，读书卡片，同样都是写在不知道从哪里裁剪的小纸条上，甚至将烟壳拆开摊平，倘若写不下了，还要用透明胶接上一段。字迹也差不多，不连笔且对得很齐。我见过有用集邮簿插得密密麻麻的一整本报刊摘抄，从奥运跳水伏明霞夺冠到制作腊八蒜小窍门无一不漏。很明显老人一去世，子女便统统打包称给了收旧纸的。也是，这里头能有什么秘密呢？除非是老人在摘抄中隐藏了存折密码，需要搜索从九〇年起到去世前每一个闰月最后一天的最后一句摘要再将其中的数字拣出按顺序连成一串方可破解，这太玄。金旻签条反面有一处小小的黄斑，黄斑旁写着年月日，八百元由大宝手中购入，算了一下也是快三十年前的事了，半透明的稿纸已然发脆。似乎也没有其他值得注意的地方，我将签条压在砚台下面，忽然想到，那些大张的、整的纸，必定是用来记录更重要的东西了。

20

　　金旻坐在阳台藤椅上，大宝立一旁，面对着我讲，五百块收砚台，八百惠让老师，不懂这个款，什么都没查到，结果老师考证出来了，我一看名头大，又花八千买回。

现在落到这一位手中。讲完即转头看金旻，很期待获得认可似的。金旻已是个九十岁的老人，松松地环在椅中，只是点头。阳台改成小书房，左边一个小书架上摆着紫砂品鉴、古砚大全等古玩集市上常见的盗版书。我抽出古砚大全，果然顾二娘那一节也贴了一个小纸条。大宝又四处看，老师还有什么要出的吗？金旻理了个小分头，衣服裤子颇为洁净，他的眼睛有时糊涂，有时突然灵活起来，不知为何还含着一点笑，看向我，随即谨慎地收回去，再抬头时，又昏昏然。金旻有三个儿子，最小的叫金叄，见状立即走来，抬手理了理金旻的小分头，老头随即笑了，嗯了一声，伸手指向阳台架子最底层，有套光绪书，又有只清初鹅腹大砚，盒子裂成两半了，是黄花梨的。

　　我与同华一时无话，转去客厅，保姆将风扇头调过来，嘟嘟囔囔说瓶里没有烫水，都放温了给老爷子喝，这便去烧水。客厅一面墙挂着三幅山水，依次是金野渠、金缄、金旻三代所写，金野渠笔墨洒脱，金缄较平淡，金旻工整。电风扇吹得画轴撞在墙上，声音响而空，房中一股中药味，凉意甚足。我不由眯起眼，想要打个盹儿了。此地待了许久，今天才算真正去别人家中跑货，我知金缄是专门治印的，其父许多画上钤印都是出自他手，据说金旻藏着一本吴让之亲批的印谱即是家传，几个拍卖行都来看过，谈过价格，我反倒不想看了。同华讲未必是一直为金

94

家所有，新华书店收古籍时，金旻曾从各旧家取过不少东西。或是坊间谣传，他也说不好，因为从未与金旻打过照面，相互避开了。谈话间，大宝夹着破了盒子的大砚迈出来，喊着口渴要喝茶，嫌保姆刚泡的烫嘴，求杯温水，一饮而尽，开口便讲，这个砚台我要了！随即微信转账给金叁。

过一会儿保姆又搀着金旻过来，坐在那三幅山水下面。金旻侧过头，像一个小学生，仔仔细细想了一番，想要开口却怎么都抓不住上个句子，他皱起眉，拳起食指敲了敲椅子扶手。金叁正摊开一方大纸包，里头是些镜心与扇面，摆在一旁的桌上，方便大宝挑选。他一手按住纸，另一手远远够起风扇，让它不再摇头。好一阵子忙，再到金旻跟前，曲腿矮下身子，问，爸爸累了？金旻坚决地摇摇头，吐了一个字，不。大宝低头拣得起劲，其实上次来了一批人，已挑过一次，上上次也来了一批人，记得是把何绍基的两张选走了。大宝晃晃卷发，自己吃不下无所谓，介绍费没少了的。他继续在这堆清代民国的旧纸中翻找，又抬下巴招呼同华，嗳，你比我懂，也过来瞧瞧。同华过去了，他却自顾自说起来，这张气息是好的，看起来简单，格调却不低。一些扇面已脱了金粉，折叠处断裂，另外几张镜心碎成几片，于是褴褴褛褛地拼在一起瞧着。

外面日头斜了点，屋子里忽地暗了。一盘从架子上刚摘的葡萄也没有人动，荧荧泛出青光。忘了开灯，几个人便弓着身子贴近看，像水草里的虾，伸出手指指画画。看了一阵子坐回去，掀起杯盖，喝那已经放凉的茶。大概是碧螺春从春放到夏，保姆又太热情，一杯茶泡出来有半杯是茶叶，酽得很，大家便轮流去掺金旻的温水。金旻睁开眼，反而到了一日中最清明的半个钟，起身由柜子深处取出一盒印章，几只砚台。砚台有真有假，有一只残得厉害，竹垞款。印章中大宝一下子拣出两方，大概是每次来都要看的，一方为双科状元，另一是春雨草堂。同华在旁边伸头瞧了瞧，讲双科状元应指姜堰刘家同时出了两个武状元，春雨草堂是宫家家主的号。我则挑出个最大的章子，艾叶绿，天池款。大宝话多，问，这是真的天池？我摇头，不知，保不齐是长白山天池呢。

晚上大宝不一道吃饭，同华与我没了体力，靠在沙发上闭目养神，跟前放了两包烧鹅与猪头肉也懒得动手拆，油汪汪地透出塑料袋，一袋卤汁要倾不倾的。从金旻家出来时，远远瞧见路口那头的熏烧摊子已经摆好了，玻璃柜里点了盏暗暗的小灯泡，妇人套着两个蓝护袖，守着柜子后的大案板，刚切完两只猪耳朵，正要拍蒜。几位天一黑便喝起酒的顾客将脚跷在花坛上等着，还有一个老太带着孙女要买二十颗鹌鹑蛋。金叁送着下楼，说这家熏烧正宗，是你们兴化猪头肉，此地已经被兴化猪头肉占领了，都说是兴化人，这家是做好了从兴化骑着电动三轮车来的，卖完再骑回去。果然玻璃柜上贴着兴化二字。熏烧并不只卖猪头肉，其实也不熏，就烧，玻璃柜子里整整齐齐放着素鸡，豆腐干，花生米，烧鹅，烧鸭，猪尾巴，猪耳朵，钩子上挂的几个鹌鹑，是给熟客留着的。大宝得了破盒砚台，匆匆告辞，剩下金叁陪我们切熏烧，他弯腰在玻璃柜前面指点，这块好，带半个鼻子，烧前好好燎过，毛刮得干净。等选好了切完拍蒜兜上辣卤，他悄悄跟我加了微信。

打掼蛋的人很是热闹，不知道谁出错了牌，起哄了。那会儿别过时金叁说爸爸高兴得太累，要赶紧回去陪着。同华与我一同走了段长巷，某条细小的臭支流总伴于左手边，空中大半个黄月亮也是。单元楼中夹着三四间平房，到哪儿都有人生煤炉，烟升起时人便要困惑。这条长巷里没有路灯，迎面行人肩膀偏一偏，错身而过，有谁点了香烟，烟头萤火虫般漂浮着。一路无话。而现在眼睛仍未适应饭桌上的光亮，热闹离得很远。我爸也梳了个小分头，半晌他走下牌桌，喊我二人吃饭。

饭桌上都说金旻好久没出来了，问我们瞧见了什么。同华将光绪书取出传递一圈，无论看得懂看不懂，都得称赞一番，本地乡贤编校的大学，学生用的。大家又急切地想知道我作为古玩商的意见，有没有像扬州博物馆镇馆之宝元代霁蓝龙瓶藏在棉裤裤腿里那样的故事。我想了想，翻出申涵光砚台的金昃签条。圆珠笔写的，也就不好评论书法。我爸说也要看看，他一向不与我坐，饭桌上喝酒才靠在一块儿，方便推杯换盏。他每次都要喝个四两。我遂将签条压在猪头肉盘子下面，转盘转转过去。他摸着胡子瞧了片刻，讲申涵光虽然是河洛派，学者虽然一般是小学生，但也不至于做作到名号用生僻的异体字来写。我只得起身走过去，展示砚台的照片。老头儿说，等等，低下花白脑袋戴上老花镜，将照片放大，像研究朋友圈里的书法炫耀九宫格一般仔细琢磨了，摇了摇头，这哪里是"昃"，分明是行书"鹿"字嘛！

21

德州火车站里有许多真空包装的扒鸡，玻璃柜台塞满了，都说是正宗，甚至号称是当天做了抽成真空的，保证您吃个新鲜。南来北往的人离开或是中转，总要提上一个扒鸡礼盒，抵达的外地人倒不着急，譬如我，上出租车前先买上份新杂志，单行本《戴笠和他的情人们》。眼睛闲不下来。车上已读完《开国十大元勋》和《"正大光明"的秘密》，德州不是本次列车终点站，下车前，我故意将这两本落座位上了。去到德州扒鸡大酒店时又有点后悔，收拾收拾便已至晚上九十点钟，街上空荡荡的，小店早就关门，市容整顿，连个夜宵都没有，只好回去泡房间里提供的康师傅，《戴笠和他的情人们》压面碗正好。独行侠来敲门，我正撕开卤蛋包装，他笑眯眯掏出根双汇玉米肠：来给你加个菜。我亦以礼待之，问他喝茶还是咖啡。他选茶，遂用剩下的开水冲酒店精致绿茶茶包给他。我二人一年总要碰个一两次，他算我的老师。照例聊了聊行情，古玩商的共同话题就只有古玩，他在床上铺了层浴巾，将随身带的一盒珠子倒出来，浴巾防滑，珠子不会滚得到处都是。独行侠是专门卖珠子的，西周玛瑙，天河石，辽代璎珞管，汉代绿松石，夏家店煤晶，金元阴刻线枣核，常在敖汉旗附近收货。他先挑几个，说其中掺了新作的，要我拿放大镜仔细看牛毛纹的差别。我笑，明天就要瞧量子文物鉴定仪了，滴滴一测，真假立现。他嘲我太爱凑热闹，回房时把杂志顺走了。

　　第二天才知远不止这么简单。量子文物鉴定仪必须要三个人方可操作。昨晚签到处的两位迎宾小姐又站到台上，脸上仍带着迷惘微笑，齐齐掀开一块红桌布，灯光亮了三度，以便揭幕时大家看得清楚。鉴定仪方形主体上左右拖出两根线，线上连着探测棒，迎宾小姐各持一只。主持人也就是科技公司的副总裁在音乐声中缓步上台，怀中抱着一只花花绿绿的大瓷瓶。聚光灯滑来滑去，像巨大的变形蛋筒，一会儿罩住这个老专家，一会儿又罩住另外一个老专家，他们的表情都很肃穆。主持人询问台下大致年代范围，坐在第一排的老头们交头接耳片刻，一致认定是宋代。主持人便将机器档位调到宋代，音乐响起，迎宾小姐相向而行，快碰到时，两根探测棒突然紧紧地吸在一起。太好了！结果是准确的。人的判断与科学的判断完美统一。然而黄灯还在闪烁。主持人将年代下调成南宋，黄灯即停，屏幕上迅速跳出一排数字，11720915，我尚未来得及反应，忽地掌声雷动，音乐也换成了贺新春——原来是机器精准解析出大瓷瓶是公元一一七二年九月十五日那天制作的。

然而下午再过来看，量子文物鉴定仪，科技公司主持人，老专家们全都消失不见。甚至剪彩的红绣球，庆祝重大发明的横幅，公司介绍看板也无影无踪。有两个女服务员将抹布搭在椅子扶手上，聊起天了。她们穿着浅棕色布制服，黑色布鞋，蓝色护袖与罩衣，头发紧紧地束在脑后，看上去年轻且利落。见我站在门口，便问我是不是明天的参会人员。我问，什么会？她们看了看时间安排，说，未来学大会。我又问，早上这里也有个会，这就已经结束了？她们一起摇了摇头，说是从客房部轮班过来，只负责打扫卫生，刚拿到从今天中午开始的日程表。我又仔细瞧二人，笑容毫不迷惘，是胸有成竹的笑，好像了解这德州扒鸡大酒店所有的卫生死角。我问她们能不能再进来看看，其中一位好心提醒我，刚拖了地，瓷砖有点滑。果然，地上光溜溜的一层水，除此之外什么都没有，连我裤子口袋里正塞着的量子文物鉴定仪鉴赏大会请柬也没落下一张。话说回来，酒店都有一股子味道，我认为就是由几十支常年使用的拖把造成的，天一落雨，拖布便散发出鱼塘的腥气。

量子文物鉴定仪正鉴定第四件文物时，独行侠喊我出去，说古玩商们正在摆床摊，所谓床摊，也就是敞着房间门，将货排列好摆在床上，顾客们穿梭于各个房间的一种买卖方式。有些房间很讲究，焚香泡茶切水果；有些房间乌烟瘴气，一群人光着脚抽烟喝酒，没生意时就掼蛋。我一层层楼逛下来，没什么特别的收获，只得一口碎成几大片的钟，满是铸字，但锈得狠了，起粉，形成点点白斑，行内称之为骨子太差，想必就算拼起来，也不能再敲得响了。卖家开价两千，我也意思一下，随便还下两百块成交。越晚生意越草率，大部分人下午三点前就要收摊退房，省一天房钱。我问独行侠之后怎么安排，他说再过两小时便出发去北京，找几个老朋友，如果能做上一两笔，赚得路费，就再往南边去，没什么事到珠海转转，在那儿谈了个女朋友，也是一年见个两三面。真讨厌，不凑巧落雨了，路上不清不爽的又要洗衣服——他猛然发现了自己的饶舌，反过来问我为何今日不回去。我耸耸肩，我也说不上来，晃膀子呗。两人遂一同将目光转向窗外看那雨，酒店窗户只能开一半，内层灰色纱窗的孔洞中吹来几阵带着湿漉漉灰尘味的风，雨也是灰色的，越来越密，像摇动着散下来的线。我讲，既然你马上出发了，不如把《戴笠和他的情人们》还给我吧，晚上还能打发打发时间。独行侠愣了片刻，一拍脑袋，啊呀，抱歉抱歉，刚才几位相熟的同行过来，带了几样小菜，又喝了点酒，顺手撕了头尾几张吐扒鸡骨头，亏好戴笠共有三个情人，还剩一个半给你看的。

22

我爸也学金旻写签条，只不过有点做作，特地将纸裁小了用毛笔写的。写到一半又草率，因为奶奶打电话来埋怨夏天快过去了，眼看立秋，寿衣却还在樟木箱子里，今年一次都没拿出来晒过呢。庙里的床褥被子都晾了好几轮，想想确是不该。自我爸留了胡子，奶奶就不太顺心，每见他一次便要说，你一留胡子，人家都觉得我老了，以为我九十岁了。我爸遂做了一个小统计箱要大家投票，结果，留胡派占百分之六十，不留胡派占百分之二十，剩下百分之二十是无所谓派。一共只得十个人投票。我问同华他投了什么，他说无所谓不等于弃权，他没参与。奶奶讲完寿衣，便嘱咐我们来家喝酒。她总自己先倒出一小杯桑树枣酒，咪一口，我们就得干三大杯，弄得人压力很大。说话间，姑妈接过话筒又讲，老房子全是灰和蜘蛛网，寿衣怎么可能还放在樟木箱里，早就拿到新家了，干洗了叠得好好的。我爸就此匆匆结束：

　　"在没有量子文物鉴定仪的情况下，我们只能找到这方竹垞款砚台最后一次被提及是在一九九九年，那年文汇报副刊为爱好金石的施蛰存开了一个专栏，叫'北山谈艺录'，施蛰存翻找家中旧纸拓片等，每周随手写上小考据数百字不拘，连载为期一年不到，谈完即停。也不知他自何处得到了一张砚台拓片，只有背面，没有正面，砚铭拓得很清楚，与由金旻手上得来的竹垞款砚台一致，破损处则完全吻合。施蛰存说，这砚台下署'竹垞识'，铭文为'行则涣，养则井，君子之德，庶几可竝（并）'，竹垞是朱彝尊的号，砚铭可在朱彝尊全集《曝书亭记》里查到，题为'汪叟砚铭'，然而汪叟是谁，是否同辑词综的休宁汪晋贤，殊难考证；为何石刻不具上款，非常可疑。今日科技昌明，数据检索一分钟即可知《曝书亭记》内亦收有

'赠汪叟序'，说他是个下围棋的国手，安徽人。不具上款或因身份有别，汪叟上面一个便是笔工钱叟，按今天说来，即汪老头、钱老头，或老汪头、老钱头也。《清稗类钞》曰汪叟即为歙人汪汉年。本地费叟记。"钤印：书中走狗。

　　的确已是晚夏了，白天阳光还很剧烈，但到了傍晚时分，红光里泛出一道蓝的光谱。红蓝色在树影与河的快进中闪烁。满穗麦子将地里填得很实。这样的气氛中，倒也可以使用"我思古人"的印章。堀辰雄也许就是这么想的。他其实不太懂这些中国的小玩意儿，不像他的老师室生犀星、芥川龙之介和佐藤春夫深得文人趣味且以此为乐。印章是他岳父的遗物。岳父在广东时恰逢革命，某位中国官员逃命前低价抛售家藏，由此购得，大概有十数方，堀辰雄也不知到底更喜欢哪一方，只觉得这四字很好，出版社寄了要签售的新书，签名过于普通，不如晚夏时分在自己的小说《晚夏》扉页印下"我思古人"，心绪悠然。他也是后来才得知，印章侧面刻的字是"乙卯小春月天池"，天池是徐渭的号，这是春天的印章，遂在追记中写了，题目就叫《我思古人》，于一九四一年十一月发表。不过，徐渭的书画上从未出现过"我思古人"钤印，明末也极少有不规则形印章，故而虽有文学家提及，也只是当孤例。我也根本没想到，这印章原是一对，另一就是从金旻处购得的那方，边款为"万历乙卯一之日天池"，印文为"载瞻星气"。"一之日"与"我思古人"同出自诗经，指正月，也就是说冬天。

同华开了一下车窗，田的味道涌入，车里本来打了冷气，印章石头冰凉，遇到了一阵带着烟与谷物气息的暖意，表面上突然结了层水汽，印了几个手指纹。同华讲，原来还能有这层关联，回头借我拓几张。我爸想了想，不能拓太多，拓片送给谁也要留个印象，不然便像朱彝尊砚台，只能考证到施蛰存，再无可能向前一步。说话间，他向外瞧了瞧，正好，天还没黑。我们在一处新修的牌坊那儿停下，牌坊旁有个小杂货店，他下车买了两大袋黄表纸。这时我爸的确是一个兴化人了，从不说接下来要做什么，却又找老板借了个打火机，领着我们走了一段路，走到一片芝麻地附近。芝麻长势极好，每一颗种荚都饱满，密密麻麻地遮住了附近的四五个坟。本来地里还有一条小路通向更远处的几十个坟，却也被几株枝丫纷乱的楮实子所阻断。我爸这才讲，七月半到了，顺路给爷爷个纸。

我踮起脚，远处有几棵柏树，柏树后面就是我家的墓碑。可柏树后面仍有柏树，墓碑也都差不多。那条反流的沟渠去哪儿了？火光跳动，黄表纸买得太多，起初是一张张烧，后来三人一叠叠烧，有些烧成一片，另一些烧着突然要灭了，被风一吹，白灰带着火星滚动着。我爸说，天快黑了，要赶到向沟吃夜饭。我问，不是和奶奶喝酒吗？我爸摇摇头，有人用钓线钓到一条三斤黄鳝，一直养着叫我们去吃，拖了好久，已饿少掉一两。

同华补充，还约了掼蛋。大家都等着呢。

反　景

1

我常想如果楼上住着个好朋友，在水泥中掏出一眼小洞来，再将木地板放回去，他要来找我玩，便打开唤我。但只能他唤我，不能我唤他，否则我会时刻想着游戏，做什么样的游戏好呢？我实际上不是个擅长游戏的人，只想到这一步就停下了，呼唤已是最大的乐趣，具体玩什么不算顶重要的事。我盯着天花板，没有圆圆的洞的痕迹，雨水于边缘处留下了一些浅浅的黄印，头顶还有一条大裂缝，粘些颤颤巍巍的白灰。我的楼上是个粮仓，决计是没人的，可能会有老鼠和猫，猫也不总是家养的那只黄色大猫，经常是别家的猫或野猫。有时老鼠打架，有时猫打架，撕咬斗狠，它们自己打起来顾不得天敌，一团团从这头滚到那头，震下些白灰落于枕头，白灰透过蚊帐眼儿，像细雪。夜里感到有什么东西掉在帐子上，经常是壁虎或极长的蜈蚣，又听见弹子球滚动，大家和我说，是房子结构在进行极微小的活动，一阵风吹过，一个季节过去，一个大月亮落到不知道哪儿了，都会让房子移动，不只前后动，还上下动，像听见曲子的人晃晃头耸耸肩那样。只是这一种曲子我们平常是听不到的，可能也能听见一丁点儿：夜里什么人在吹笛子，丧礼时会吹唢呐，很远的地方开着个收音机，唱着戏。楼上又嘎嘎响，是假想的好朋友在头顶来回踱步？一只鸟受惊哇呜一啼掠了过去。猫从高处极轻声地落下。可这一次，两个人吵起来了，都是男人的声音，一位比较粗哑，急切地叫道，去哪儿了呢？明明今早还在。我寻思他正在找一只长着脚的东西。因为白天时我听见有脚声。另一位嗓子比较细，怕不是被偷走了吧。我又怀疑，那对脚是走来的盗贼的，只比猫重一点，想必是弓起足，用脚侧行路。他们并不说少了什么，只猜来猜去。粮仓上能有什么呢？除了新收的绿豆，黄豆，去年的大米，小米，还有一些给猪和鸡吃的糠，就只有几页旧画报，半本《周易正义》，我都翻过，无甚可读，不如去镇上的小黑房子里看录像，一些烫了头的女人做出些动作，卖菜的卖鸡鸭的，几个闲汉和小孩看得开心大笑起来。很黑，只能感到脚踩着地上落的糖纸烟头棒冰棍子。说实话，我不知道他们怎么嘴里占着还能笑得那么大。我有个不住楼上的好朋友含着半颗茶叶蛋也能念英文，大概就是这样的本事。这两人渐渐吵得激烈了，只听：必定是你趁我不在偷偷地藏起来，这么紧要，你干吗做这样的事！——不，不，你记错了。并没有少上这一小块，如果少了，也是虫子吃的，它们会吃米，就会吃纸，从前虫子吃掉书里的"神""仙"两个字，变成了脉望。我们岂不是就希望它吃吗？你瞧，这一个"神"，一个"仙"还在，还好还好！吃了别处也不作数罢。

　　我又常想要身后的墙伸出点什么，倒不用突然出现一个人。床架子贴着墙放，人来了不好站，好朋友从房顶来一个就好了，朋友就是一个顶一个的，不用多。便又从大门绕到屋子的一侧查看，墙缝里生着几簇草，拽出来没带出多少土，这些草只得些许灰就能长得很长，灰里有甲虫壳的碎片；路过的人掉落的一根长头发；白色蜡烛油一样的物质，可能是吃肉的蜂子衔了存着的。你看，墙里有这许多物事，还不止呢，一个月牙儿的小小的指甲，墙边剪指甲时蹦了进去，几粒很酥很酥的灰，都随着草掉出来。倘若房子在曲声中挪动，它们可都要动一动。大风特别喜欢从两面临得很近的墙中穿过，草摇房子也摇，楼上遂又走起路说起话。可是我不再听了，徒增许多烦恼：总是想知道那两位是不是朋友，又或许他们丢了的东西有无寻回，虫子什么时候空出它们的嘴去吃那些字，诸如此类。我要上去取画报！两面墙之间时常有小孩在拍香烟壳子，飞纸飞镖，用画报纸做飞镖必定能赢他们。一阵大风唱起歌，歌声倏忽跑过，接下来是几句口哨，吹得人很想上茅厕。冬天可真冷，墙缝里草叶的窸窣也冷。墙上靠近膝盖处的小窗猛然地打开了，烧火的人探头，原来这灶房的小窗就是两只厚厚的小木板，一开便传出一阵热的白雾，一只猫蹿出，由着墙头顺着风直飞。从墙中钻到外面也没劲，就如同人从画里走到画外，我见过好几次，一张很多神的大画里突然少掉一个，要么就是另外一个的胡子动了动，还有个瞎了眼，是被虫子吃的，虫子吃了一长条，弯弯曲曲，将他的瞳子啃掉大半个，在鼻子上留下条痕，神不怕疼，只怕痒，这吃得太痒了，遂拿袖子抹抹脸，我都瞧见了。画是挂在北极宫中的，在长年燃着的烛火后面，明晃晃又影影绰绰。这么说嘛，走来走去，肯定要落下许多影子的。总而言之，言而总之，都很无聊。我床侧的墙里并没有草的根伸出来，它们的根那么长，在屋子的结构中弯弯曲曲地长着，可就没有一根过来打打招呼。我很失望了，又把耳朵罩在墙上听，就是今天拽出草的地方，我在墙外做了个记号，只要房子动得没那么厉害，砖不移，那必然是能靠想象在墙内找到记号的。记号是个白粉打的元宝。一到过年，每家每户在小路上打元宝，装白灰的草扎的印子就在粮仓里。我爬上去拿，发现虫吃了些粮，米粒碎了一层，可画报还是好好的呐。这就更没什么好吵的了！

2

　　有人爬着一座崇峻的山，说是爬，其实是在石中踩着步子；说是山，其实是空中一座云的固体。说是倒影，由最微小的一粒凝结核冻硬了滚动成一颗小石子，再极缓慢地落下，大概每闭一千次眼睛落一两厘米，再看一看的时候，啊呀，已经变成山了。重力作用下，尖尖的山头冲着地，却不像利刃，只能说是一支长长的锥子，足可以脱颖而出了。不过从哪儿脱出呢，这个人边踩着步子边想着，他的眼睛也是倒着的，看向头下面的水面。尖尖的山像是从水中长出来似的，所以我们可以说，他是在倒影中踩着山石，踩得腻了，他便要拽住一根垂柳枝子跳出来，到那真的地上去，走在坚硬的冬天的泥土上，一些黄草紧紧扒住泥，每一节草茎上都生了根，如果不是这样，它们也会被风吹到天上去，会被落下的乌老鸦用嘴翻起来，一团团滚动，落到不远的河里，绕住山的尖尖顶，让它变成一根鸡毛掸子或打狗棒了。远处还有许多坚硬的地，还有更多的人，在地上耕种劳作，腰弯得很低，膝盖也弯着，先用钉耙把黄草扒拉开，再用铁锹扒开泥，泥中又有许多含着根睡觉的地老虎，肥肥白白的，扔进火堆里一股香味，再往下挖，叮当一响，有可能是一枚钱，一片碎瓦或瓷片，擦去土，亮晶晶的，不像骨头早也就化成灰泥了，放在水仙盆里压须根好得很，一般捡到了是舍不得扔的。还有什么？去年埋着的鼠牙，夜里它还飞出来，和屋顶上别人家的猫打架。这附近立着一座舍利塔，无名无年代，据说里面也有一个舍利子，是某高僧的牙，这个牙就很温和了，只会转出来喷水，浇一浇墙角的花；还会发光，混在萤火虫堆里当那最亮的一个，转腻了飞回去藏在塔里了。不知道哪个脑子糊涂的要重修舍利塔，将舍利牙和泥灰弄混了，砌入石缝里，从此便被那鼠牙嘲弄，啊呀呀，你想打架也打不到，想打架也打不到。鼠牙笑完它，也转转转，去咬猫的屁股，大抵什么猫都咬的，猫们搞不清楚怎么回事，互相追打了，从王家屋顶追到李家屋顶，夜里很是喧闹。鼠牙这下子被铁锹翻出来，它只敢低低地吱吱，随即被抛入水中。他刚拉住光秃秃的柳枝，一下子看到这副牙咬在山的尖尖顶，回形针般别住了，在水中咯咯咯上下震动，水里好多骷髅也咯咯咯想咬尖尖顶，小孩都这样的嘛，端午节吃粽子只咬个尖儿。水波漾开。冬天的一轮黄日往下掉，耕种的人再往下挖，又"当"的一声，这次只有岩石，长在地里的，我们看是一粒石头，却不知道，在地下它也是崇峻的。黄日落在水中的尖山上，这时他已经跳出来，盯着水看，又扭头看舍利塔，舍利塔头也刺着黄日，它们俩一个是另一个的倒影了。

倘若数不出"多"，那么就数不出"少"了。舍利塔缝中也长了很长的草，大家并不管它，自然也发现不了舍利牙不见了。它也不算丢掉的东西，毕竟还在塔里，舍利塔就是为它而建的，它就是塔，塔就是它。它是倒影里长长的锥子，但刺到水中又如何呢？水是一颗封闭的瞳子，最里面是黑的，蝌蚪似的，有时候抖着尾巴游到别处去，由一口井中经过，井中落入另外一颗瞳子，是他以单眼看着，另外一眼紧紧闭着，躲那日光。如果眼睛闭得次数不够多，不够久，不仅山长不成，井里也只有黑。其实黄日亦掉落，只不过他头一偏，黄日与水一起逃走了，剩下他自己瞳子与影子，两处合二为一，反过来看向他。看到他表面唯一深的黑的地方。水里的瞳子有了想法，毕竟它是倒着的，山石、蝌蚪、树枝、鱼、鼠牙、骷髅打旁边经过，它看看正在流动的现下往昔，又盯住抛掷它的这个人。可是一颗人的瞳子的想法是很浅的。它要去和虫子打打交道，那只虫子吃了北极宫神仙的瞳子，应该能讲了，就是话不多，且要用咬叶子的方式来说，一个虫子体力也有限，尤其是体内还有画纸，消化不良，懒懒地抬头，想吐一点丝，古代神蚕那般织出一幅有寓言的锦缎，可惜抬头摇来摇去，只吐出点黄水，叶子上留下一句"不晓得"便死去了。他收回瞳子，哪里知道这叶子上是一句名言，就觉得虫子下嘴真好玩，只啃了一些叶子的表皮，把经络纹路留下了，遂夹在书中。那么瞳子的想法呢？仅仅是睁眼闭眼时的图像，由世界中攫取的一丁点儿，世界是个大石头，或一块大泥，是许多天空落下的尖尖山堆在一处，太多啦，丝毫不在意这一丁点儿。瞳子黑色深处有一张细小的和虫子一样的嘴，吞吃睁眼闭眼睁眼闭眼的每每的一丁点儿。舍利牙在大泥的嘴里镶着，飞不出来浇那花儿了，但大家并不管它，因为明天就要落雨了。他又从书页里看得一些字。这时候瞳子已经很累了，它想紧紧闭上，让第二日的尖尖山长得再高一些，或者长得再平一些也行，会是带刃的平平的一片，铲煎饼的刀那样，将下面的水层层揭开，第一层是水草，蝌蚪，偶然落入的脚步，干扰性的垂柳；第二层是小鱼，悬浮着的与水密度相等之物；第三层是昨日尖尖山冲出来的漩涡了，鼠牙与骷髅受不了漩涡的力度，皆由尖尖山脱开了去，旋转起来，越来越快，咿咿呀呀，咯咯咯直响，没过几秒钟，它们被冲得脱了白，张大了口，一副又惊骇又好笑的样子。他便又踩着山石，不疾不徐地，像独立地踏一个巨大的水轮，轮子转着，这些便都翻过去了。

3

有另一种塔，几乎被拆光了，留下一些石匭，刻字各有不同，有写作"焚字楼""焚纸楼"，也有作"焚字炉"的，若不是见过，还以为是一枚小小的石炉，燃一簇小小的火，去烧那蚂蚁大的字。其实它长着塔的形状，火与人差不多齐平，很方便站在它旁边，烧一些大张的纸。夏天烧得空气抖动，冬天好似团明晃晃的佛龛，其中有座木头的雕像燃着了，先手舞足蹈一阵子，剩下眼睛和嘴巴，嘴巴动了动，吐出一大团字的灰，最后整个儿坍塌了，火中再也没其他动作。一次，某人拿来一大叠纸烧，纸里夹着一只脉望——这可不寻常，所以这个人没有认出来，放在老早倒是很值得惋惜一阵子。纸里的虫子吃了一个"神"，一个"仙"（还不能是我们让它硬吃的），遂变成橡皮筋的模样，晚上一弹一弹地出来玩，没想到被捉了去捆钞票；束头发；扎地里刚拔的一把鸡毛菜；小孩绷在手指上，弹另个小孩的脸，这才脱身，弹回到纸堆里，等着月亮升起来的夜晚，圈住明月，然后它会学舍利牙转一转，喷出点水，喷完后烧成灰，以酒服之，人便能作出文章。脉望苦等半天，故而不甘愿被烧着了，在火塔中喷着水，这一大叠纸湿湿的，烧了相当久。据说舍利牙喷的水是引来了观音杨柳瓶中的净水，杨柳瓶又叫作净瓶，瓶口上有个活钮，连着一枚铜翻盖，小飞虫落不进去；脉望喷的水则是读书和写书的人的口水，好几百年的叽叽喳喳的嘴，你一句我一句喷出的唾沫星子集在一块儿，有点酸味，有点臭味，倒也不算得很坏的东西，至少能灭了焚字楼中的火。这只脉望不是顶厉害的那种，它吃的是画报，一页标题写着《神秘的百慕大三角》，另外一页是旅游广告，"黄山奇景，人间仙境"，拼在一起虽通神，到底能力有限，口水话的口水只能支持一小会儿，焚字楼烧过那么多形形色色不同位置的字，它使出点力气，膛中鼓起一阵子小风，将脉望吹得掉了个个儿，像是套圈游戏无望的木圈那样飞起来，套住虚空后，落在了一旁。脉望想起关于它小时候，乃是一只寻常书虫，长得丑可爬得快，灯一亮，书页一翻，便迈着许多只脚躲进书脊中，要安排那许多脚！现在变成皮筋可真是太不方便了，一个脚都没有！它抻着脖子，皮筋的脖子岂非哪儿都是脖子，忽地发现它不再有吃字的细小的嘴了，也不晓得是哪天没的，大抵是吃错了什么东西罢。这个烧纸的人嫌燃得不够快，找了一段枯枝将大叠纸拨开，火一下子又旺了，照出其中弹来弹去的脉望，很快地，脉望也成了黑灰，一个圆形的大记号黏在一堆白灰上，它没再记起别的事，散发出一股刺鼻的橡胶味来。

与草不同，纸是卷起来烧的，草是扭动着烧的。点燃了纸，它先翻到背面来了，喜欢绕到墙背后的人遂不绕墙，去看纸的燃烧，纸转过身，像一片薄薄的刃，先将周遭割成左右两面，随即倒塌，原来是气力过于微弱啦，不足以维持这般空间的分隔，世界于是再被跳动的火捏作一处。于此瞬息间，仿佛看到多出的一面，镜子似的反照出背后诸事，一粒火星顺着滑下去了，可能是掉在泥上，也可能是落在草间，一下子便不见了，不是熄灭，它分明越燃越大，是被虚空中的嘴吞吃了。绕到墙背后的人摇了摇头，不见得不见得，也可能是被纸背后的小乌龟吃了。古代人里面有一位叫令狐崇哲的，在边陲小城中专门管抄字，算是个抄字的头儿，他家里好多人也做这一行，并不是每个人字都那么好，一开始得在废纸上练，他们可舍不得烧纸，坚决不搞焚字楼这样的塔，只建其他三种塔：一是舍利塔，专门放舍利牙、舍利指骨、舍利下巴，舍利牙会浇花，舍利指骨会指路，舍利下巴上下一磕在一旁喊道"你抄错啦你抄错啦你抄错啦！错错错！"。二是挂风铃的塔，尖尖顶，丁零零。三是引灵魂的，造在纸上，每层都写着"楼子"二字，灵魂便独上高楼也。灵魂上了高楼，看见下面几十个人在抄字，身子趴得很低，头几乎埋

119

在纸面上，长着白胡子的令狐崇哲称作典经师，其他字好或不好的是经生。墙边小板凳上坐着的人眼睛已经很差了，那是校经道人，把搁在一旁抄好的纸拿起来对了一次又一次。令狐崇哲喜欢小贴纸和小刮刀，舍利下巴还没叫起来，他便拿刀一刮，拿纸一贴，将错处掩上了，一边做一边喃喃道，话痨话痨，到哪里都有开口说话的物事！喷水咬人略略咯倒好了，一旦穷叫唤，可真是麻烦。其余诸位觉得他更吵，可害怕惹恼他被关在小黑屋子练字，也就缩缩脖子，继续将头埋在纸面上打起线来。线不能打得太疏，也不能太密，纸发下来三张就得用三张，超过是决计不行的，要去找施主审批；太过节约也不好，下次的申请到手便没那么宽裕。写串行或可用贴纸补救，可现在是分了神将整整一张抄重复了，灵魂在楼子檐儿上扑哧一笑，他还没被接引去，离天里最细白的一朵云还有半个手掌的距离，他跳了两跳，感觉自己是也并不是完全的灵魂，上半截身子灰飞烟灭了，但仍有两条肉腿，生着两只肉脚，肉脚上还套着一双黑缎子麻底鞋，他遂脱了鞋，向上一跃，那云也向上一飘，始终离他有半个手掌，都怪这腿脚肉嘟嘟沉甸甸，不对，再低头一瞧，分明是他初生做婴儿时的腿脚，灵魂也速速往小了去。下面的终于抄对了，施主为了新亡丈夫又捐了张新纸。这灵魂眼看就要退落至牙牙学语的境地，赶紧地对最小的经生喊道，画个小乌龟给我！即刻哇哇大哭着被小云运走了。

4

不知道这么大的白纸背后是什么。他这么一想，就发觉他想到的是并不曾见过的东西。先不管"白"是何物，"纸"又是何物，闭眼之前跳上一跳，像是要够到虚空中所存在的，可那白仍然离得很远，他抓了一把子"透明"。"透明"他晓得，是"什么都没有"的变体，"空"的某一层。如果他还能看到自己的手，那便是"透明"了。他翻了翻手掌，动了动脚，又使劲闭了一下眼，挤压挤压瞳子，使其泛出些色彩与金星，再滴下些黑汁来。还没来得及沾染，白中光一闪，复又茫茫。他朝着不定的方向走了颇久，一个朋友也没有碰到，耳边也没传来声音喊他去玩，他费了许多劲数着朋友，为什么要费那么大劲呢，如果真的有那么几个朋友，便可以一二三四五数下来了，但其实是——一个也没有的，才要绞尽脑汁这么想着。边数边走，走不到边，甚至连鸟和虫和猫也没遇到一个两个，便意识到，每天晚上都要这么来一遭，他又睡着了。这白恐怕不是大纸，他压根儿没摸过纸，也不知道什么是纸。

白天时路过荒坡，一轮黄日挂在坡顶，照出石头与树皆是黑色的，绿与白隐去了。圆的，条的，多边形，拼在一块儿，成了个图案，也可能是听来的所谓的"字"。荒坡的长草中有一匹破的石马倒在地上，还蹲着一个石羊，几座像塔的石堆，据说烧过东西，石头缝里积了厚厚的一层黑灰，是什么楼还是什么炉来着，再往草中寻寻，散落着几根磨过的石条。忽然，一个牙由着石堆里边飞边转地出来，声音有那么些嘶哑。他不禁问，牙兄好，缘何你的嗓子不行了？那牙闪出点微弱的光，忿忿：俺又不是泥灰，俺又不是泥灰，困了这许久，塔终于自个儿倒了。杨柳水都化作眼泪流完了呀！是哭哑了。说话间，那牙又四处转着，好像在寻什么。他一到白天就忘睡时种种，便帮着寻。这是一颗大门牙，方方正正，大概是脱落许久了，颇有些钙化落灰，转得抖抖索索，被那黄日照着，看起来不干不净的。他不敢离得太近，只在草中乱翻，低头问，请问牙兄所寻何物？牙答，整整一副可气的鼠牙。然而，草里只有些张着嘴的可笑骷髅，风一刮便化为齑粉。黄日正下落，眼见着风愈来愈刮成漩涡，他打算呼唤门牙到塔里躲躲，却见它已被卷走，啊啊叫着被甩在一块石头上，撞成三四小片，掉在土里不见了。这下子我们终于知道他是如何失却了这唯一的可能的朋友。算起来，与牙的一番交谈是他最近几年以来头次开口讲话。毕竟这早已不是靠讲话传达信息的时代，他是不晓得，但我们上了荒坡就明白了，这个时代，连焚字楼都完成了任务，荒废已久。关于这颗牙，它终究没能复仇，很不甘愿地碎了，不过它也想留给许久与它谈话的第一人一些零碎的美好记忆，遂在碎前吟诗一句：反景入深林，复照青苔上。

牙啊牙可真奇怪，他低头在草丛里寻着它的碎片，跌得太小，又有许多差不多的白石子在一处，找得烦了，索性用脚踢混了，这并不代表他不珍惜这半个朋友，是个很坏的人。乃是由于他心中有着极大的无聊，这荒山与黄日之间也被无聊填得很满。直起身子看向四周，其实还有无数荒山，单独一座座并不相连，竟是一模一样。有时候也会飞来一只小雀，站在漆黑树枝上，头一歪，唱一段儿小曲，他正听得有点意味，小雀又飞走了。雀子叫和牙的吟唱有些许相似之处，仄仄仄平平，仄仄平平仄。自己又哼一次，果然对上，只是不知道雀子和牙在讲什么故事。"反，反，反"，他念"反，反"，便期待起黄日跌落后入睡前再试一遭：之前怎么没有想到要过白的反面呢？这次他不再跳跃，也没用瞳子里剩下的颜色（其实是黄日被瞳子吃掉了一部分），反而像蚂蚁一样吸在一张极大的竖着的白纸上（又是白纸！），鼓动肢体，将其翻转过来。白微微掀动了，极遥远处显露出一线黑色，先像一条虫，之后像更大的一条虫——地老虎蠕动时肚皮上的褶子。枝头上唱歌的小雀遂又飞了过来，停在他的肩膀上，唱，仄仄仄平平，仄仄平平仄。唱完一曲，再唱，仄仄平平平，平平仄仄平。唱罢，一口将虫子吞了去。

　　并不是说这事儿以后，他和小雀没做成朋友，反之他们关系相当的好。一到荒山上，雀子便率先唱起牙之歌，接下来是骷髅之歌，草丛里还剩许多没化灰的骷髅，有的还连着身子呐，只不过空着的眼眶中有时伸出一截枯草，伸出一个虫子的头。我们便又知道了，骷髅之歌就是太平歌词里的骷髅叹，庄公打马下了荒山来，遇见骷髅倒在了尘埃，那庄公发了恻隐倒出金丹一粒，一半是红一半是白，红丸儿治的是男儿汉，白丸儿治的是女裙钗，撬开牙关灌下药，那骷髅得命起了身来，张口就说：他妈的。你们见到整整的一副鼠牙没，我不求那金鞍玉镫我那逍遥马，琴剑书箱我那小婴孩。我只要把那鼠牙掰一掰，谁叫它咬了我的屁股来。雀子唱得得意，歪了头，反了个身，又跳到另外一截树枝上开始老歌放送，仄仄平平平（大漠孤烟直），平平仄仄平（长河落日圆）。满山骷髅都有了很大的意见，咯咯咯直叫，他妈的，怎么不唱完！他其实是听不懂的，可热闹总归是热闹，遂也摇头晃脑哼了几句，反复反复。又问雀子，你唱了什么呀。做了朋友的雀子回，歹势，不知影。

5

　　舍利牙摔成四瓣儿中的一瓣儿被大风刮进一个骷髅嘴里，这是个玲珑骷髅头，身子还在。身子中住了一颗土疙瘩，一粒五色石。按其他注定只会咯咯咯的骷髅们的意思呢，她是个女骷髅，土疙瘩和五色石成了胃和心脏，她老觉得心里五味杂陈，肚子里不太消化，可实际上，她什么也不吃，荒山甚少下雨，故而连水也不喝的。一个玲珑骷髅有了一把嘶哑的声音，忽然地讲话了，将他吓了一大跳，哎呀，咯咯，呜呜，吸溜嘶嘶（这是只有四分之一瓣儿牙讲话漏风啦），躺得太久，背好疼，还是不习惯睡硬板床。他低头一瞧，果然，女骷髅半边身子躺在一块儿被磨掉的石条上，骨头细细的，闪着珠贝色的光。遂把她扶将到长草上，又听到嘶哑中有点娇里娇气的：还有我的手呐，被风吹得翻滚走了，就在十步远的地方，是左边十步，不是右边十步。右边的那是只无主手，五大三粗的，时不时就来拉我的手，讨厌极了，可别弄错。女骷髅被收拾在一处，五彩石心里的一块石头落了地，土疙瘩胃里的疙瘩也归置到位，悠悠叹起气，也不知道这是门牙在

125

叹，还是她自己在叹，且看提不提那整整的一副鼠牙的事儿了。叹了三叹，又是三叹，待到雀子都不忍心再唱老歌时，终于开了口，一开口我们便知道，这是荒山上他又有了个新朋友。女骷髅报上名来，我乃燕三小姐是也。

现在荒山上有了他，雀子，女骷髅带着四分之一瓣儿门牙，一群咯咯咯响着的骷髅，整整的一副不知藏在哪儿的鼠牙，亘古不变的黄日（真还不知古到什么时候）。到了傍晚，黄日像插在一把土锹子上的大鸭蛋，将他们都映成镶着黑边的黑影了，猛地一瞧，他与骷髅们也无甚分别，光与影颇宽容地一一给了血肉。他攀上块巨石，打开眼睛望向四周，随着光线平移，远远近近的石头皆似滚动，数十棵秃柏拉长，具有了拽着秃了的树冠将自身连根拔起的意愿，便也让他产生了某种掀动的认识，或者说是"摇动"，当然，他不可能更进一步，了解更广阔然而根本不曾见过的东西，例如之前的"纸"，或者当下我们口中随随便便就提到的"世界"，只能自然地将所见缩小至一个核心，好比女骷髅的五色石心脏那样的小却是五味杂陈的一颗。无意识地捡起一粒石子，那就是他所缩小的了。雀子认为，此时最是适合唱牙之歌，它亦为光沉没掉落时正移动的粒子，落在枝上变为极黑的叶片。他与雀子合声哼着，仄仄仄平平，仄仄平平仄。女骷髅燕三小姐听得懂，这是她蒙童课本上的第四首歌，遂告诉他们，"反"

不是"反过来"，而是"反着映来"的意思。

继续的某一日，女骷髅燕三小姐呆呆靠在石板上想了又想，很是困惑。也忍不住开口唱了，棋输一着，去去还还，春残花落，问离恨天。要知道，荒坡上是没有花的，更没什么春，只有个离得极远的天，准点就黑，人还来不及恨它就睡着了，且决计不会半道醒来。我们看到他又行于半道，仍是东张西望，走了一会儿又蹲下，在地上摸摸索索了一阵子，将某物放入口袋中。先不说这个。雀子飞来也，歪头耐下心听燕三小姐咿咿呀呀唱了几段，那把声音细哑，结合了门牙与她自个儿的特点——跑了老远的调儿。雀子心想，我或许也是一只燕，她是燕三小姐，我必然要压过她几头，叫燕一大王蛮好。眼见黄日升起来，雀子得去捉虫，唉，原本可没这么麻烦，自从懂了些牙之歌，白中一下子增加了许多成分，有时仅有一只大虫，有时又生出一个水面，他在数着水中的倒影，大概是个春之境地，垂柳拂入波纹，白晃动不已，边缘裂出一百条黑的金的痕迹，向更茫茫处扩去。这一次倒是只极小的肉虫，通体青色，嘴里衔着根丝吊了下来，微风起，丝荡来荡去，擦着他耳朵了，他伸手挠痒痒，小虫落至水面，丝还没断，他可不愿意就此断了，便一直注视着这根由树间斑驳的影子里投下的反着光的细线，线连接水光，是无数经纬中的一弦。忽然地，水中露出个圆圆的套圈一般的鱼嘴，将那虫吞了去。

今天他帮燕三小姐拔了拔眼眶里的草，二人说了几句。燕三小姐讲话就要叹气，五色石撞在肋骨上哐啷哐啷直响，唉，这去要去哪里，来又是从何而来呢。他摸了摸头，看周围确是连绵到天际的荒山，连一条人走的路也没有的，也叹口气，我倒是要问你从哪儿来的，我也好去去你来的地方。燕三小姐用力回想了一阵子，讲她是从一个大游戏场来的，在金鱼池北边，叫城南游戏场。却不知此地去城有多远，在哪个方向了。也对，可太让人摸不着头脑，他一睁眼就在荒山上，连房子也没一座，更别说城了。游戏场是个什么呢？燕三也解释不清爽，有人滑冰，有人听戏，有人吃东西，有人看电影，有人杂耍，总之是个游戏的地方。游戏就是玩，比如咱俩现在光说话，顺手拔一拔草，听雀子唱上几句，就是在游戏，只是游戏得不太舒服，没那么许多花样。玩得累了渴了也没一处地方消遣，城南游戏场夏天卖酸梅汤冬天卖可可藕，酸梅汤加的冰块都是熟水冻成的；可可藕是桂花藕的改良，原来主要卖给洋孩，后来众人一吃，也觉得好。其实呢，我也不太爱游戏，人多闹得慌（女骷髅捧五色石心），后来家里人劝，去吃点可可藕吧，我嘴一馋动了心。刚坐下吃完等着看角儿，京剧场包厢便塌了，一下子来到这里，或许是死了吧。可可藕是藕孔里塞满糯米加了可可粉熬的，好吃归好吃，就是不太消化，到现在还堵得慌呢（女骷髅捧土疙瘩胃）。

6

"反着映来"后，他与燕三小姐一起走在半道上，忽地多了许多人的声音，但并见不到人；一些影子，几乎有几只像是大马，平平地贴着地移动来了，到了近前又立着跳了过去，与荒坡黄日中的影子很不同，它们脱离了黄日的掌控。空中一片云也无，仍是白，远远的有一粒黄点，影子掠得极快，有几个撞在他身上又散开。说是和燕三小姐一道走，其实是端着她的骷髅头，身子五花石土疙瘩仍留远处，原是想背在身上，燕三小姐看起来纤细，倒颇有些重量，装在袋子里丁零当啷。燕三小姐也嫌自己吵，又怕把腿磕断，如此如此，作罢也。他又在远处似的，亲眼瞧着有一个人手捧着头骨，在一条随时会塌的土路上走。白色上的影子竟然是合上眼皮时瞳子中的黑色与余光里的睫毛。听说半道上有个骑驴的庄子休，这人要么给新坟扇风，要么给骷髅吃药。倘若燕三小姐全须全尾地碰上庄子休，服下一枚白丸儿转了生，到哪儿找衣服呢？他如此默默想心思，低着头赶路，也不知要去向何处，只求庄子休可千万别来。燕三小姐则是另外一番心境，开头还五味杂陈，颇洒了些热泪（门牙剩下的杨柳水），走了半刻钟便热情地介绍起城南游戏场的吃食来，一听就是个零嘴当饭吃的角色，有：糖葫芦、糖山药、枣泥糕、冻柿子、可可藕。于是一个心神不宁，一个喋喋不休，路上也有几分乐趣。

　　燕三小姐说不出枣泥方谱和枣泥糕有什么不同，便巴巴地重复一遍枣泥糕，枣去了核又去了皮，蒸熟了压成泥，吃起来柔软香甜，她总只吃挨着馅儿的那一层，白糕捏碎喂了雀子去。我们又要发表意见了：她可真是个贪嘴的倒霉蛋！骷髅头讲啊讲啊，稀里糊涂唱，棋输一着——还没来得及到下一句，听得他大叫一声，咬我屁股者何物！燕三小姐也被顺手抛在路边草丛里，骨碌碌滚了两圈半，倒着瞧见他摸了口袋，掏出整整的一副鼠牙来。若不是知道此处有咬屁股这项恶习的唯有鼠牙，还以为这是个夹子呢，只硬币大小，黄且脏，一股腥臭。这鼠牙咬了他的手，挣脱开，转转飞到女骷髅旁，瞧进骷髅嘴里，嘿嘿嘿嘿直笑，舍利门牙啊门牙，倒是近了女色，还不如老子，老子从来不咬女屁股！燕三，我可咬过你？燕三小姐冷哼，被脏东西碰了去，不如死了算了。鼠牙复笑，可你已经死了呀！话毕又飞了一圈，本来是得意非凡的，看了四周的环境，泄气地落到低处，怎么走了这么些时候，还在半道上？

他赶紧把燕三小姐捡回来，扫扫头盖骨上的灰，再摸摸有没有跌得裂了。女骷髅还是那副张了嘴的惊讶模样，过了好一会儿，深深的空眼眶里洒出点泪，其实早就知道是死了，时间一长，感觉还是糊涂地活着，忽得听鼠牙一说，加之刚想到糖葫芦，糖山药，枣泥糕，冻柿子，可可藕，更为悲哀，却也不知道到底为何悲哀着，只好再浪费些舍利门牙的杨柳水了。悲哀了一会儿，想起自己本来是女校的学生，学了半天英文没及格，也不是不用功，学不进去而已，除了在学校，就是在家，并不与同学作伙。在家也没别的事，闲翻翻小说，天一黑便睡了。不像有些青年男女，吟诗作对，写写情书，比如一个叫小林的，每每学校放了假，他便回老家史家庄找两位同样也是放假探亲的女学生整日打混，燕三不是不羡慕，是怕引莎士比亚时记不太全，要作诗了只能写开头第一词"oh"，我们也不用惊讶她足不出户如何能知道这一切，这个年纪的女学生总有些想法，尤其是看向妆台上的镜子时，这镜子之前在海中，不是漆黑黑的底下，而是白沙上，反映着水波光流，是个说不清道不明之物。后来摆在妆台，燕三小姐自照时感到镜子的热闹，可往往路过也会无意瞥见或远或近的其中一张小而白的脸，她没有理会这脸上是何表情，只任它滑去，无关得很。像是剪下来的圆形纸片，连五官都没有的。这么一想，白之上影影绰绰，有人突然站在瞳子前一般。仍隐于其后的黄日也放大了些。大道拐弯处，一台子景象，映了火光似的一会儿变大一会儿缩小，铙钹鼓镲声响，突然地出现在这荒野上一幕皮影戏了。鼠牙见状，转转着飞了上去，想要咬破这显出影子的白幕，却不知往哪儿下嘴。先来了四个翻着跟头的，玩着头冠上的长须，全都一口气竖着连翻三个，速度之快，鼠牙望尻兴叹；又上场一对男女，男的骑在马上，手持利剑，女的坐在轿中，探头来看。鼠牙遗憾，为何他们总不站起来呢。女子头侧物事晃动，应该是松松地插了朵花。女骷髅寻思道，正月里只有暖房里有茉莉鲜花，可戴白的颇不合时宜，这八成是朵红绒花了，便也颇想绕去后面去瞧瞧到底有没有猜对。他则第一次见到荒野上设戏台，本应是燕三小姐镜子里那样的热闹，却在空旷中显出一点奇异的孤单。那颗黄日愈移愈近，终于到了幕布的正上方，鼓鼓地绷在白的反面，当作戏台上的大灯泡了。他低头看向脚边，落下一只长长的虫，噢，并不是虫，是从幕布那一面接了一根电线，不远处还连了个小盒子，镶着红色滑钮，他将滑钮向前推，黄日变亮，曲声更大；复向后拨，黄日变暗，众人屏息凝神，皆等着角儿亮相的那一嗓子。

7

听得彩声，他捏住鼠牙，将白幕夹起了一角，鼠牙吃重，裂了数道，急得咯咯直响，但被捏得很紧，越咯咯越是碎裂得厉害。燕三小姐回头望了它一眼，讲，终于做了件不咬屁股的正经事。鼠牙张嘴想骂，却也不敢再松口，怕滑落入另一深不可见的黑色侧面中去。他蹲下来，将女骷髅的嘴夹在胳肢窝里，嘘，我们就在那戏台上。许多的腿从眼前晃过去了，插着令旗的几只小车滚来滚去，下面也是人腿，并不是真的轮子，台上两伙人的白衣与蓝衣被四个角的大蜡烛一照，尤为鲜明。角儿站在正中，正要衔住下一句。忽然地西楼包厢塌了，砸在散座，尘烟四起，吆喝香烟豆蔻的，加热水酽茶的，兜售糖果瓜子戏目表的，原本穿梭在各排间的，最先围将上来大叫，压死人啦压死人啦。女骷髅看到人堆里露出一双穿了过年新皮鞋的脚（她一向比较新式），再仰头望西楼包厢残破的木梁上挂着一个惊魂未定的胖老爷，单片儍逮从马褂的第三粒对襟里掉了出来，手里还紧紧捏着个小望远镜，可见视力确实不佳。儍逮晃晃悠悠悬着，反了些烛光。不知道怎么地，燕三小姐又想起那面海里的镜子，摆在妆台正中，即使照过许多波纹，确实不可有悲哀。倒也不是不可，而是偬逮将骷髅放大成了一副滑稽的模样，极似戏台上的道具了。

台上诸人也愣了一阵子，并不着急到后台去（那后台却不在白幕后），其中一个玩大须子的被什么咬了一下屁股，不特别在意，只抓了抓屁股，双目仍紧盯着那碎裂的一堆。很快地，白绑腿的巡警们前来吹哨子驱散看热闹的人群，一位白白净净的青年偏偏跳出来说，我是医科的学生！也马上就被赶走啦。原因是，人的半边身子压碎，当即咽气，并不需要抢救或诊断。其余人舍不得离开，站了远远的一段距离，仍聚着看热闹。虽说年初二上游戏场才能听角儿唱有名的一折，可女学生出了事故尤为难得。已有人道出死者是燕家三小姐，大家便索性猜起这燕三是不是个美人儿。卖茶水香烟豆蔻糖果瓜子的清清受惊变哑的嗓子，复又叫卖，也都宣称自己之前瞧到了燕三小姐的脸（目前脸上已被同去的朋友遮上一方手帕，无人敢真的揭开），还是卖茶水的说得最有谱：这位小姐吃了可可藕心里堵得慌，特地要我将茶冲得酽一些热一些，她喝了一小口，便仰头打了个大嗝儿，我瞧得清清楚楚，长得那是相当底一般。女骷髅是听得一清二楚，想了想自个儿的相貌，认为这评价倒也中肯。但看这么多人对一个尸体指指点点终觉不忍，便请他捡起地上坤角儿落下的红绒花，插在眼眶中，两人从人腿间挪到阴影里，沿着墙偷偷溜走了。

　　游戏场里有个不知道发生了什么的杂耍艺人仍在玩独轮车。他到冬天就戴副狗毛耳罩，一防冷防长冻疮，二是懒得去听周遭嘈杂。他的动作也颇机械，无非前行后退轮子翻转，双手张开作出滑翔的姿势。身为独轮车杂耍艺人，无须与观众说话，只到最后摘下帽子绕行一圈收取些硬币与小额纸钞，一次有人给了他十块钱，是个穿着小皮鞋小西装的娃娃，留了个西瓜皮头，那娃娃对独轮车技巧无甚兴趣，倒以为他长出一对狗耳朵，乐得咯咯直笑了。之后，他就更顺理成章戴起耳罩，这东西如同假发，不戴反而没信心，发挥不好。久而久之，大家叫起"狗耳朵"的绰号来。他也格外注意着这一副耳罩，过年前特地额外絮上新的狗毛，使耳朵又丰厚了些，除了旋转时一点气流钻入耳蜗，其余一概听不到。他先做了几个动作，又站起来猛绕圈子。突然间，人群往剧场的方向涌去，众人来不及改换面孔，惊慌中仍带有点喜乐，有几位还作出呼号的口型。他以为是哪处彩票开奖，遂不为所动，继续旋转着，心里颇有几分嘲笑：咄！不识货。真材实料的表演不看，偏偏指望使点小钱去撞大运，至好也就拿回家一块橄榄皂罢了。却看有人举着个骷髅，逆着人流，匆匆朝着自己走来，骷髅还在叨叨着（杂耍艺人毕竟是听不到的），果然都去瞧我死了，放一个单独的狗骑独轮车！

骷髅的同伴现在瞧起来像是个魔术师。他低头回了骷髅几句，又仰头看看空中，伸手招了招，一副鼠牙飞了来想咬他屁股，没咬着，不过瘾，又去咬旁边推着车卖霜淇淋的。他还在找什么？当然我们知道，是找他的朋友小雀啦，一只麻雀落在枝头，冷天里的麻雀看起来格外小而肥，又格外灰秃秃的，似乎与我们所知的小雀毫无关系。他观察片刻，也觉得不太像，正要离去，那麻雀却忽地唱起著名老歌爱胖才会赢：每日醉茫茫，无魂有体亲像稻草人，三分天注定，七分靠大胖，爱胖才会赢。雀子也不知道自己为什么在城南游戏场中就成了只胖麻雀，当不了燕一大王到底意难平，只能狠狠地唱了三遍"爱胖才会赢"。说是著名老歌，乃是因为我们已经很熟悉这歌的歌词与立意了，但在这四位朋友的故事里（干脆把鼠牙也算上罢），它是济公指迷里的曲儿，小雀也刚学会不久。为招揽顾客，游戏场不知从哪儿找来三件机器玩意儿，内部构造基本一致，外面套了三种不同的壳儿，一是济公，二是吕祖即吕洞宾，三是观音持书——书卷观音是也。三件机器都能摇签唱歌，可现实中只有济公真的唱鞋儿破帽儿破身上的袈裟破，另二位是不唱的。故而，游戏场的管理方单独给济公设了个唱歌功能，多花五毛钱可以听上一听，济公的成名曲不太吉利，遂找当时著名坤角儿亲唱录制了爱胖才会赢，无论天怎么注定，人总是会发胖的，取逢年过节心宽体胖之意。

8

　　这三件机器旁守着个妇人，僧不僧道不道的，说她是比丘尼，却不曾剃度，帽子下面挽起一个发髻；说是道姑，也没插个簪子，亦不卖孙不二金丹。长相清净斯文，收钱更是利落。女骷髅见着她便说，就是她叫我抽书卷观音里的签子。复唱起签文：棋输一着，去去还还，春残花落，问离恨天。问如何解签，虽然游戏场中发生了大事故，妇人仍气定神闲地坐在小板凳上，将双手插在袖筒子里，眼睛向上一翻道，解签还须一块钱。女骷髅不忿，道，抽签已收一块，解签应当免费。我们知道，这只是大家身无分文时的强辩罢了。妇人翩然一笑曰，瞧您这副模样，岂非签文已应验？燕三小姐难得气上一气，眼眶中的红绒花也落了，又有些不好意思开口：我求的是英文成绩，过了正月学校才放榜，考前背单字时，字母总是打架一般，拼写倒还好了，我怕的是对话。英文对话的考官是位修道院老嬷嬷，老讲我答非所问。这考试怕是通过不了。我正想请济公指路，想看看有什么补考的法子，您就先开口了，问考分得求拿着书的观音，这观音专管直隶京津地区所有的考运。妇人一拍头，哎呀，这可真怨我了，本来的的确确管着考学，可几日前，有一位比丘尼前来更新系统，说签文是她发愿，特地前往京西门头沟斋堂紫竹禅林抄来的，其中有诗有词有偈语，复杂度与灵验度都已升级，免费试用仨月，我怎么就给忘了呢？怨我怨我。听妇人如此一说，众人皆骂骂咧咧，再抽一次！再抽一次！妇人理亏，再抽就再抽。反正今天游戏场出了人命，一会儿就要闭场，诸位不必交那一块钱，三件机器神仙自选抽一次便是。于是，雀子想把歌词记全，点了济公指迷，又听一次爱胖才会赢。鼠牙恨猫，猫恨狗，狗咬吕洞宾，遂抽了吕洞宾，得了一句，不识好人心。燕三小姐赌气，偏要再求一次那书卷观音，便请他帮忙按一按观音头上的红点，机器抖动起来，观音手中的书也摇摇欲坠，白头巾落了一半。只见，观音披着白披肩，披肩中还（huán）有白色底上衣与那白色马面裙，中间肚腹处自是扎着（zhuó）白飘带，飘带下开了（liǎo）一大缝儿，缝儿间终于掉出个小纸条，上书四字：考试没过。他也好奇，再按一下观音红点，观音更是抖了一番，两只眼睛处还亮起灯，闪闪灭灭的，那妇人忙说，似乎出了故障，你且等她一等罢。好等！倒是不再抖了，机器腹中像有几只齿轮似的咯咯直响，先由肚脐里吐出一些碎纸与碎金属，又掉出一只虫，这虫吃了纸，变成根皮筋模样，雀子见了，便飞上前一口吞了去。

我们以为，这下子这四个朋友总归得回去荒山上了，雀子一贪嘴吃虫就是个绝对信号。明眼人必能瞧得出，这一个会说闽南语的胖麻雀乃是双面间谍！然而，它此次吞去的橡皮筋已让它具有了自己的思想，甚至还能吟诗作对起来。女骷髅呢，最讨厌唱和（否则早和老家在史家庄的小林交上朋友），并不太理会雀子，何况，她也实在不知道为何一只胖麻雀要叫燕一大王。游戏场一下子就空了，嘘嘘嘘的哨子四处响起，绑着白腿子的来来回回，请大家回避离场。为了弥补大年初二游客的损失，出场即赠奖券十张，最高奖两大坤角儿同台大戏前排座一张，最末奖乃是最新引进机器摇签机济公吕祖观音任抽一次。游戏场经理彭秀康也匆匆赶到，站在大门口鞠躬道歉，心中半惊半惧。一个小娃举着串糖葫芦，还想看那大花马，却被他妈一把抱起离开，遂张口哇哇大哭了。几位质素不高的男客尿急，去到阴影处树丛小解。更有好事者口中称燕三小姐子夜即还魂，赌谁更大胆留在游戏场中一睹芳容，遂与白腿子的兜起了圈子。最不可思议乃是一班子小偷，躲在戏剧场的没塌的东面包厢中，意图趁此良机窃取坤角儿的点翠水钻头面和金丝的戏服。这四五个小偷倒也谨慎，特地试验东包厢是否牢固，还跺了跺脚呢。底下燕三小姐的家人哭成一片，老外祖母贡献了自己的棺材，急匆匆地找了入殓的人来，七忙八乱中，也就没注意头顶上又扑簌簌地落下许多灰了。

非尼非道的妇人向他几个瞥去一眼，说，我这就走了。点了遍一元一元的纸币，夹起小板凳，噔噔噔很快没了踪影。她迈出游戏场大门时，正巧看到彭秀康与燕家当家交涉，任凭彭将赔偿费一抬再抬，燕家都拒不接受：好好一个如花少女，刚考完学，到了嫁人的时候，说没就没，岂是几个钱便揭过去的。此次事故，咎在游戏场方，须得将灵柩摆在戏台正中，和尚道士统统请来超荐，停满七七四十九天方可得脱沉沦。她忽地记起尼姑来的那日，将其发愿手抄的纸签倒入观音腹中，调试机器时，彭秀康路过，也抽了一签，他是广东人士，其实是供奉天后的，便开玩笑似的按上观音额头，机器倒也运行通畅，立时落下一签：苦中有乐，乐中有苦，乐不敌苦，青云止步。彭秀康读毕，面色不善，说了句，要过年了，几多要忙之事。遂匆匆离去。那尼姑站在一旁悄悄说道，客人若是没有抽中好签，要指点他去城北观音庵找俺化解，五十元一次，便无灾无祸了。每介绍一位，你可分得花红十五元。此时，妇人正赶着回家给小娃们煮饽饽，噔噔噔的频率又快了半拍，心中还想着：兀这贼秃婆娘，真算得一笔好账。

9

　　他也到了戏台上。名角儿的戏班子早撤了。燕三小姐的灵柩停放于台子正中央。四角的大蜡烛抖闪着极大的火光。一个守着的都没有，毕竟颇惊惶了一下午，都去吃夜饭了罢。他与女骷髅一时无话，忽然地，蜡烛俱熄灭了，眼前出现一片全然的黑。这黑中不带任何颜色，不似瞳子的黑，看得深了会突然得到一点斑斓，是瞳子截取的一丁点儿化为枝叶或光或水纹在摇摇摆摆，也似有人射出带火的箭，一支接续另外一支，便总有一箭不致坠地。目前他感觉到黑了，是与之前的白正相对的，是箭还未抵达的一处。楼上东头乒乒乓乓闹起来，某位叫，哎哟，谁咬了俺的屁股。一群人连滚带爬逃了出去。（小鼓响），极黑的黑中，白无常的白脸现出来，这脸也极白，应是涂抹了相当多的白粉，连眉毛也全白，不知怎么地，将黑照出些光亮了。白无常手持破扇（难道不该是绳索与算盘么），耸动肩膀，脸上似笑非哭，一双眼钉住他，脚不停歇，戏台上直绕圈，一来就打了一百零八个喷嚏，连放了一百零八个响屁，打了颇久，放了颇久，他以为白无常是想说话罢，果真说（唱）了起来：

大王出了票，让我拿隔壁痴子，

问了起来呢，原来是我同村的疯汉，

生的是什么病，夜里不睡，白日盗汗，

看的是什么郎中，

没看什么郎中，求了塔中舍利子，

画的是什么符，三道黄纸。

第一道贴额头，胡言乱语；

第二道烧灰冲服，双腿笔直。

我道（nga）阿嫂哭得伤心（原来白无常讲吴语），暂放他还阳半刻，

大王道我是得钱买放，就将我捆打四十。

（唱毕，白无常侧立一旁，阎王，判官，小鬼上）

（打鼓咚咚）

阎王是个老头，穿了身带龙蓝袍，走路不利落，显得很心烦，不住揉揉心口肚子，又玩了玩套在肚子上的呼啦圈（闪光腰带），仿佛从隔壁城隍庙会借来参演的。小鬼倒是敬业，跳动翻滚，热闹一阵子，阎王看得眼花，一挥手。

（小鬼下）

阎王又踱了八个方步，每两个方步呼喝一声啊呀呀，共喝了四声，好不容易等到他说（白）了：

灵柩中何人也，呀呀呀呀。

（判官上前）

判官白：启禀大（dai）王，燕三小姐是也。

阎王判官齐唱：

天不平来地不平，

阎王取命不由人。

香消玉碎佳人绝，

粉骨残躯血染衣。

阎王和判官唱毕，又查阅一番生死簿，发现他不在这个名册上，也就是说，他并不是白无常村中隔壁阿嫂家的傻儿子，甚至是个无名无姓亦无经历之人，理当不在此游戏场中。老实说，这个不知道哪儿来的地方戏草台班子让我们颇有点不耐烦。阎王白：白无常不仅得钱买放，还搞错对象，更是该打上加打。判官一扔铁笔：小鬼来哎哎哎哎哎。

（两个小鬼上）

（过门胡琴响了好一阵子）

（小鬼跳了八圈）

（小鬼复向四方走）

（小鬼扛板子上台）

终于打将起来，啪！啪！

板子缓缓地，重重地打着白无常的雪白屁股，要等打上八十下才能完。这戏拖得真久。

所幸的是这八十个板子被另一位身着带龙红袍的阎王打断了。（红袍阎王上）这阎王是领着兵的，念词儿也很快，是我们所称的快板了。大意是，本阎王乃是第十九层地狱——无字地狱之一把手也，向来与那蓝袍儿的井水不犯河水，啊呀呀呀啊（玩着肚子上的呼啦圈）。蓝袍阎王复又白：不关老夫的事，是那白无常玩忽职守，这不正在打板子吗，唉！得罪同事可愁愁愁（摸胸口摸肚子）！红袍阎王遂白：那我在您手底下拿人，敢情是可以的咯？蓝袍儿答：且抓了（liǎo）去呀呀呀呀。

一队人马遂追起他来，先是两位拿着令旗的小兵叫道"得令"，将那红袍阎王的命令传达下去，红衣大将舞着须子，牵过一匹纸马，放出四五头纸小犬，带领着十几个小兵将台上挤得满满当当。他几乎觉得在荒野上隔着白幕看到的正是这一出戏，声音没这么真切罢了，铙钹鼓镲闹得他头痛得很，且将燕三小姐放在她自己的灵柩上，逃起来了。

（当当当当红衣大将大马诸兵诸犬追至台子左侧）

（当当当当红衣大将大马诸兵诸犬追至台子右侧）

他向左跨了几个大步，向右跨了几个大步，向前跑了几番，转身向后又退了数步。皆不得脱身。

红衣大将唱：

哪啊啊啊啊啊啊里跑奥奥奥。

只得闭了眼纵身向台下一跃，复又进入那片白中去也。

一头纸小犬没刹住也蹦了去，却穿出一面墙，带出几粒极酥的灰，被束在一根长头发中无法挣脱。开口汪汪大叫，却轻似蚊子哼哼。小犬挣扎累了，在头发金刚索中吐舌头喘起气。绕到墙背后的人睡醒了，咦了一声，遂欣喜地用两根手指将它捏出来，小犬想逃，又被捏住。手指力气很大，却又很轻柔。指尖点了点小犬的头，黏来一粒米饭。小犬吃了米饭，望了望没有一丝缝隙的白墙，也就不再逃，留下扑蚊子，斗长蜈蚣，咬臭虫，变成绕到墙背后的人的好朋友。却道一日，小犬在摊开的《周易正义》里睡觉，绕到墙背后的人不查，合上书，小犬被压扁，变成一个反犬旁了。后续略。

还是回去罢，有一黄日，有树，有石羊，石马，石板，有人爬着一座崇峻的山。一只雀子似叶的黑影，落在枝头了。但我们知道，那已不是平常的雀子，它已具有了自己的思想，虽然外表是只胖麻雀，但它自认是燕一大王。一歪头，唱起牙之歌：反景入深林，复照青苔上。唱毕，雀子想：我倒也能解签，这说的不就是梦吗？

天珠传奇

中国城

1

　　我住过两回中国城。第一回，五洲超市尚未歇业，有个潮州打工妹每次都与我搭话。讲她一位朋友叫小梅，专门上门理发，其他不规矩的事情不做，单纯理发，五欧一次。潮州打工妹现在 KOK 做工。KOK 是中国城唯一一家卖牛肉粉的，汤头不甜，无论谁坐下来，先送盘煨得极烂的牛腩，这也是企鹅 273 最常去的 pho 店。潮州打工妹仍然爱搭话：今天喝什么？三色冰？清补凉？咖啡奶冰？KOK 吧台做饮品大体胡混，虽说 pho 一定要配三色，我们还是只要瓶自来水。玻璃瓶口积了水垢，不干不净的，水杯也是用一块脏兮兮的毛巾擦干的。KOK 就这样，污秽的红色桌布，堆在吧台上一叠叠盘子里摆着豆芽薄荷叶金不换泰国芫荽，水滴滴答答流到地上；放了大半天表面已风干的腌洋葱、柠檬、小米辣、蘸酱，随意取用，可能是北越的作风。我找小梅理过发，小广告贴在五洲超市门口，与陪同看病、办居留卡、黄色按摩、走私香烟之类的挤在一起，确实规规矩矩。名叫小梅，然而已是个中年的妇人，进了门，先由小推车里取出一叠旧报纸铺开，指示我站在中间低下脑袋，又变出只喷壶朝头发上喷了喷，十分钟剪出个狗啃似的发型。几年后，我听说小梅练熟了刀法，给人开起双眼皮了，都是人家上门找她做，也在中国城。她还兼职外卖热菜，一番结合，开双眼皮送地三鲜。中国城这种地方，住过一回的便不想再住，尤其对于在伊夫里（Ivry）和舒瓦西（Choisy）那两处高楼里生活过的人：一个公寓分隔成六个隔间，公用浴室洗手间洗衣机，垃圾通道屡屡爬出蟑螂，隔壁室友总在换，甚至有一间是四个铺位的临时旅馆，洗盘子的斯里兰卡人、西藏人、泰国僧侣、南国背包客来来去去，一晚十欧。我在中国城街上真正认得些人，已是第二回居住时，伊夫里高楼之间的公园空地上开了赌场，赌泰国骰子，花花绿绿一张纸，押点数。小梅居然也赌。潮州打工妹在脏兮兮的草地上席地而坐，和庄家的家眷们唱南国歌谣，吃腌螃蟹木瓜沙拉，喝狮牌啤酒，看到我，热情搭起话来，讲泰国流行歌曲很好听，录音机里正在播的是国民歌星滑病（Illslick），堪比周杰伦。我打开 YouTube，果然每一首的播放量都好几千万。这是二〇一六年的夏天，赌摊上的每个面孔都对我微笑着，像认识我很久了，只有小梅记不得她曾帮我理发，专心于三颗骰子每一次的跳动。他们就是用那种放腌洋葱的小碗倒扣在放豆芽薄荷叶金不换的盘子上摇着骰子，塑料碗盘克喇喇地直响，上头印着五福捧寿花纹。一开，小梅押着四六点的五欧元就被收走了。她又押一次三六点，仍是不中，便抬起头来，略有些尴尬地看向四周，好似围观者中有人要嘲笑她连续输了两次小钱。她的目光从我脸上滑过去，并未停留，也对，我现在都找越南阿姨理发啦，而且，我一直是极单的单眼皮。

我都是在早晨十点去找越南阿姨理发。那个钟点理发店地上的淡绿色方砖格外清爽，洗发池里也没有上一个顾客留下的碎发。仅越南阿姨一人在，她涂了涂指甲油，坐在高高理发凳上，脚踩着方砖，配合着九十年代金曲，缓慢地转来转去。十点开始播放的是黄乙玲的《忧愁》，之后一首赛一首苦闷，不提也罢。其实我也只是一个月去一次，偶尔我会问，阿姐，能不能换个歌单。越南阿姨说，别唤阿姐，叫我阿曼。她帮我理发时也会照照镜子，叹道，每回照一下便一吓，我好老。我又问，阿曼，你在托比亚克（Tolbiac）做了多久事？她带我去洗头池，放水，挤了一手心经久不换的杏仁味洗发膏，长长的指甲避开，用指腹揉起我的头发。我知道有人就是爱洗头，头发越长越喜欢在理发店里洗头，约会到早了，便要洗个头吹个头发打发时间。但只要别人用手在我头顶心招呼，我便会脚底发痒，浑身不自在。阿曼还问，水热不热，冷不冷？我遂回她，没事，快点洗完就好了。烧燃气热水出得慢，一股半冷不温的水浇上来，人就清醒。我盯着天花板，总想问阿曼一些十三区传说，比如亮哥亮哥的事。似乎我也问了，她也答了，每次零零碎碎，阿曼的中文我有点不懂，她讲广东话、潮州话、客家话、越南话、法国话和一点点普通话。大体开头是这样的：亮哥亮哥，厉害吼，砰砰砰砰。我也配合她，学了点黄乙玲，到底是发生了什么代志啦。往往还没听完，头就理完了。阿曼告诉我，她做了三十年工。有空我们去小锌咖啡喝一杯，吃一块清心糕，慢慢说。我要一张纸巾，擦擦耳朵里的头发，站起来掸掸衣领，讲，好哦。阿曼又夸我是个干净学生，怎想会赌博？清心糕是广南泰饼家做的，广南泰，Banh Tan Tan，让人很有些费解，我学过一些南洋拼音，知道"陈"拼做"Tan"，故而陈氏兄弟超市写成"Tang frères"。Banh Tan Tan 是怎么回事呢？不过，我熟小锌咖啡馆，它就夹在法国巨人超市（Géant）和巴黎冻品店之间，斜对面是潮州城大酒楼挂满烧鸭的玻璃橱窗。开始赌博后，我老看到赌摊上的几个熟脸在那儿喝咖啡，其中有一个白发胡子飘飘的白天赌马，晚上赌骰子。他们瞧见我，也略略点头。——总之，我与阿曼从来没有约过，也不晓得怎么约。

等我现在又想起十三区诸事，再去理发店找她，别的理发师告诉我，她已休工不做了。好吧，既然来了，还是理个发吧，洗发膏味道没变，杏仁的，只是音响里换成了法国电台"老歌大联播"（Nostalgie）。

2

十三区的气味一日多变。十点二刻理发毕，广南泰头批糕点出炉，火腿面包、蛋挞、清心糕、杏仁饼；烧腊店挂出鹌鹑烧肉烧鸭；一百多家餐厅齐炸红葱酥。由小陈氏超级市场门口的电扶梯可上至潮州会馆（须注意入口处的下水沟，脏水漫溢，不小心就溅一腿）。会馆连着混合小庙，前厅上供奉黄大仙，进了里殿，则为释迦牟尼与十八罗汉了。大香炉中散漫地插了几炷香，应是买菜妇人与赌马的已先行拜拜。我脱了鞋，跪蒲团，磕了头，捐五欧元，祈愿早日拿到长居。所谓长居，就是一张一年更新一次的学生居留卡，我加入无纸人（sans-papiers）行列已有大半年，连学校也很少去，只时不时到国家图书馆（Bibliothèque nationale de France，BNF）装模作样找东找西。里殿放了些折叠椅，信众们周三周五晚上要念的经就搁在椅垫上。地上也铺了地毯，每天居士出来用大吸尘器将人落下的各色灰尘同香灰香烛味一道吸走。这会儿香炉中又开始冒出今日的檀香味。释迦牟尼旁边不知谁摆了个长生娃娃，脸上也贴了金箔，与佛一大一小地闪着光，一刻晦暗一刻亮。没旁人，只有最顶头的椅子坐着黑大哥，可能累得狠了，光着的脑袋顶着墙这么睡着，一个大块头，以头为支点，双脚踏地，卡在折叠椅里，保持着奇怪的平衡。很快到十一点，餐厅便纷纷开门，他要去后厨上工洗碗盘，放李锦记海鲜酱和是拉差辣酱的小碟最麻烦。不过，对面香香餐厅的才哥不会刁难人，洗快洗慢没那么紧要。才哥是个胖胖的财主样子，三个儿子分管吧台、收账、上菜，他乐得轻松，前两个月刚在小公园草地上办过六十岁生日会，铺一张大草席，找了乐团吹小号萨克斯，开了几十瓶红酒，在场大家无论赌徒还是在路边摊就餐的，都跑来喝一杯。小公园空前热闹，傍晚时分，日落高楼，有一片玻璃窗反射红彤彤的日光，反而照得枯草地、垃圾堆、破床垫和污水等历历分明。几个塑料袋在高楼风中好似永不会坠下，飘飘荡荡，随着音乐起伏。就连仓库后门处的道友也从光照不进的地界中挪动出来，一瘸一拐地走上前，讨要一欧元硬币。几个白人又喝酒又打针，才哥不想过问，给每人倒一塑料杯勃艮第打发了去。老娄姨来得比较慢，由于在腿上打针，两条腿都坏了，两块草皮走了十多分钟。她还担心家当被人夺了去，拖着小车来了，小车上捆着数个大购物袋的杂物。才哥给她一张红色十欧元票子，讲，马头将军吃K仔好好的，打针人便坏掉。老娄姨回，是喏。拿上钱，并不喝酒，更不吃东西，着急去买今日的药了。才哥望望她，来不及叹气，又有熟人来敬。我也敬了一杯。边喝边用几个硬币单押一个点数，赢了十几欧，所以闲下心来，买串香茅烤鸡肉，听了会儿生日歌。

阿辉迎我，让我坐在外卖打包位，才哥要稍后到，目前不知在伊夫里还是舒瓦西或是马塞纳（Masséna）上溜达。我说，阿文，先来壶茶。阿辉和我说，我是阿辉啊，带客人的。为了区分，他留了两撇小胡子，可我总忘。才哥亦觉得儿子多得有点乱，一眼冒出一个仔，往往并不理他们，专门溜溜地转着与客人讲话。自从认得才哥，我便不再去隔壁清心小馆吃饭，不然他要走出来，转到清心的桌台边与我说，好吗？他知我是无纸人，便问我被警察抓住怎么办。我说，我又不做工，警察才懒得查。他更担忧，不做工怎么办呢？我手一摊。他遂指示我去潮州会馆香炉旁拿白条。白条是张警察局放的白纸，专门给无纸人的临时做工许可。潮州兄弟会在局子里有人，其实十三区市长也是讲潮州话的华人啦，月头拿十五张白条来，先到先得。每日早晨五点招工的也来，我望过一次，陈氏门口扶手梯入口锁了，得从托比亚克大街上爬上高楼之间的天台。天仍是黑的，密密麻麻的窗户仅有数个点亮，空气飘来隔壁94省工厂两只大烟囱的灰味，果然，抬头看，烟囱已吐出两条灰白龙，堆入黎明的厚云中。喷气式飞机飞过，划了一条更直更长的线，不一会儿天亮，这条线也变亮，又变透明，一天中少有的振奋时刻。已聚着几十个等工的人，大部分穿着灰色工装，裤腿上沾着白色泥灰——工地上招人最多。其余是临时洗碗工，多半是斯里兰卡人在做，如果手快亦可以一试；极少文书类，这一次正巧发到：中华圣母堂本周寻代课书法老师。我没有拿白条，遇到检查可能会被遣返。做力气活儿的已散了，剩数人立着，与我一般踟蹰。一个臃肿的影子过来，我在黎明些微的光中看到她的侧脸，认出她了。有段时间，在KOK食pho，她常来桌边拉一段小提琴，不知是哪一支曲子，偶尔有人给一两个硬币。她不开口说话，我以为是聋哑艺人，但某天她抬手拿琴弓，碰翻斯里兰卡人兜售茉莉花的铜盘子，两个人吵起来，一齐被潮汕妹赶出了店子，她又回头骂了句极为恶毒的脏话。店外下着小雪，正是过年时分，马路两边挂上了中国城才会有红灯笼，咏春团由文华酒家出发走上舒瓦西大街排演舞狮子，嚣嚣闹闹，我本想追过去给她一个两欧硬币，那脏话实在让人震惊，我一愣神，她已随着狮子混入人群。眼下初夏，她仍穿着几年前的灰色大衣，头发很久未洗，眼神定定讲，我会书法。招工目光由我身上扫过去，问，有没有其他人做？我赶紧望向远处去，喷气飞机的轨迹已涣散，掺到其他的云里了。

3

小公园赌场，其实是一个个桌。天暗折叠桌撑开，每一个放一只装电池的白灯，铺上赌纸，一人摇骰子，一人算赌账。由外面马路往里看去，似白水母漂浮，本该透明的白水母又伸出一些黑色的触手，是围住桌的赌客。又似高楼间的亮蘑菇，吸引一群大蚂蚁，包裹住它吮吸汁液。大蘑菇发射菌丝，笼罩巨人超市红蓝霓虹与日式烧肉绿色自助餐广告牌的射线，大家忽而在海底，忽而在林中，赌到晕头。突然地，白水母亮蘑菇花花赌纸骰子声硬币响人的喊叫瞬时消失，众人立于昏暗，头顶数千户密密灯光如星星复又显现，是警察来了。警察摸黑在小公园中巡察，一个个桌早已折叠藏在草中，遂装样喝问，你等这许多人在做咩事？赌摊老板答，晚餐后散步啦。赌客答，练咏春啦。警察拿警棍拨弄一下白灯与五福捧寿塑料碗盘，再喝问，这是何物？赌摊老板答，晚餐后散步又聚餐啦。十分钟后，警车开走。闪出放哨小童，要二十欧报酬。二十欧去舒瓦西路桥下的废弃铁轨处可买两副偷来的雷朋墨镜。怕警察杀回头，大家仍要站立片刻，却已没那么紧张，相互聊起天来。一个穿黑皮夹克的用手肘捣捣我，喂，我见过你。我正欲辨认，白灯亮，骰子声一响，"开"，他便再也无心交谈，拿刚刚还没来得及押的十欧，摆在十一点（也就是三个骰子点数加起来为十一，一赔十一），只十秒，钱便被收走了。

他随即掏一张五十欧，仍押十一点，又输。我和他讲，十一点概率太低，四五十开之后才会碰一两次，但凡庄家手一偏就归零。现已有十次没有出现两点，不如单押两点，胜算大。他没回头，只答，太慢，我凭预感。我预感这把就中。遂摸摸夹克内袋，再掏出一张五十欧。我问，今日工钱？他不置可否，唯眼睛紧紧盯着"开"的手。我们看庄家的手便知赢面——这双手凶险，右手断了中指，按住碗时，使人错以为中指透入其中，抚摸着正跳跃的三粒骰子，如此轻轻弹拨一下，我们大大小小的硬币钞票便被收去了。可赌徒不爱挪步，怕跑了运气，选一摊便站定着赌。也有像我这样凭概率的，换摊得从头再赌十多把。其实，再凶险也不过一双手，它既然老练，必然稳定，即使摇动间有细微调整，也须服从于概率。庄家根据台面上的赌注分布来作弊，也并非无迹可循。赌纸上有大小、十一点、单数、双数、三数，押单独一个数总归有得赢。我默默计算，等待着手来揭示。所有人都在等。庄家故弄玄虚，再三以残手抚住碗底，每每又放开，弄得嘘声一片。终于叫"开"，人群尚未反应，他忽地也大叫了，十一点十一点，中了！庄家表情不变，旁边算账人数出十二张五十欧递给他。众人啧啧羡慕，他嗯嗯出声，有了活人的神色，连黑夹克都闪闪发光，明星一般对左右皆笑，将钱揣入怀中后，又瞥了我一眼，拖长嗓子，今——天，收工。三步并作两步，隐入高楼去了。两点亦中，却没有这么大的传奇性，我收起只赢一倍的十欧元，正欲离开，迎面走来四楼生命之粮的陈牧师。

赌摊设两种赠饮，十点前送三趟咖啡，十点后送四趟威士忌。自十点起不再接受一两欧小注，最低十欧起押。赌客们偏爱大注与威士忌，饮威士忌后便要下更大的注。摇骰子的雇得一个女人，捧一只红色冰桶，专往塑料杯里加冰块，有人喜欢薄荷叶，嚼一两片叶再呷酒，赌得有纹有路；也有人押大注之前需要镇静大脑，将冰块混酒倒在头顶。女人并不在意种种举止，穿梭着上了发条似问，冰、薄荷叶，glaçon、menthe，收一两个硬币小费。我与陈牧师说话时，还未到十点，女人托来满盘子的 G7 速溶咖啡。外区人若到此地，我一定会推荐他喝赌摊上的 G7，其实它叫 Trung Nguyên 咖啡，中文名作中原咖啡。一位越南赌友告诉我，应写成阮忠，他名为阮忠山，同种拼法，不过他不似我认为这是十三区最好喝的咖啡——就是三合一嘛，trois en un，他在等过十点饮酒，半杯酒半杯冰，一饮而尽，喝完即走，回家好睡。冰未化便倒在草地上，如骰子滚动着。阮忠山问我读不读越南诗人，我摇头说不读，他掏出本 Huu Thinh Nguyen（阮有请）诗集送我，英译本，题为 the Time Tree，《时间树》。他赌博时带一本诗集作何用？这诗人中文名为何？没追问，阮忠山总爱说：再押一欧，一欧到十点。说罢，便背着手，伸头等"开"，无任何读过诗的迹象。

　　G7 三合一香甜，普通咖啡馆机器打出的 espresso 似刷锅水，长咖啡（allongé，意为加水）则更不堪入口，咖啡底中加了半瓷杯水，就要收三欧五，坐吧台便宜些，两欧五，只有十点半即开始赌马赌彩票的老赌鬼们才要去小锌咖啡馆消磨。陈牧师与我皆取一杯 G7。塑料杯被热水烫了一下，微微变形。冲三合一粉，水量至重要，冲太短仅有甜无香，冲太长又变淡，奶味显得假，要恰好在杯子三分之一多一点。陈牧师手指捏住杯口晃晃，嗅一嗅香气，他必是个 G7 的行家，深知 G7 给人一种即时享受的快乐。他也是 Lok Lak 饭的行家，我帮他写完稿，他都请我去吃客Lok Lak 饭。裹着黑椒汁的骰子形状牛肉粒、红色番茄米饭、白醋泡过夜的红白萝卜片、锯齿状黄瓜，一欧五加只蛋。他每次皆重复,Lok Lak(k 轻声停顿送气),就是小方块的意思。小方块牛肉饭。他还是个钢琴的行家,团契时钢琴伴奏让兄弟姐妹们读故事:电光石火间,慈爱的父开口与我说话。他讲,这段你没写好,节奏不对,与我的钢琴曲不相配,应是:电光石火,慈爱的父啊,说与我听。

4

中国城有三批人抢垃圾。赌博到凌晨一点,散步于舒瓦西街上,见高楼口现了两只影,丢出旧床垫微波炉拆开的书架等,随即开来一辆白色面包车,跳下罗姆仔,挑着那只床垫,一抬一抛进后车厢。这床垫要卖到北边,住久皆知,那里名为贼赃市场、垃圾中心:如山的床垫、旧唱机耳机电源线、地铁里窃得的墨镜、钱包卡片洗劫一空的旧手袋(名牌手袋已卖入二手精品店)、洗衣机、移动燃气灶,废旧品之海。斯里兰卡人由铁箱中掏旧衣旧鞋,他们使条长钩,钩出皮衣大衣先披在自己身上;皮鞋用油打亮,鞋底上补丁,在小陈氏超市前的下水沟那儿出售,一双摆一只,要定再由袋中取出另一只,即便警察来了抛在地上,也不会被人捡去。还有位黑大衣老者,在伊夫里地铁站口摆摊，坐在高楼风中并不懂遮蔽，别人都说他是傻的。他的两只衣袋中塞了许多干花生，我见他用手捏开壳，花生衣落得满身。一块塑胶皮上摆有掉漆搪瓷锅、布满污渍的淘米篓、塑胶把手烧化的意式咖啡壶。他喝得醉了，一缕头发落下来遮住左眼，别人便又说他的左眼瞎了，只是很难验证啦。地铁站口一群灰鸽子打转，因为总有小山似的过期面包倒在那片草地，几只飞去啄他衣袋中的花生，屙屎在他身上。某天，摊子上有一个不太旧的穿纱丽的印度娃娃，娃娃脸上点了粒红点，小纱衣服上滚了金边，在那堆旧厨具中格外鲜丽。穿黑色皮夹克的想送给他的女儿，花一欧买下了，顺手将娃娃插在内袋中。他敞着怀，好像带着女儿在赌。

天光仍在。黑皮夹克问我有无赢钱，我讲，赌摊旁就是食摊，卖排骨粉、熟地黄鸭腿粉、烧牛肉粉、pho、鸭蛋活珠子、香茅鸡、金不换牛、炸小鱼、腌生螃蟹木瓜沙拉、油条、肉设、猪肉碎粿包。好有一餐，不好有一餐。赢过五欧便有一餐。他又问我有没有做工。我讲，赌即是上工。他颔首表示赞同，每日放工再上工，做一夜白工，白日做工的钱也输掉。我问，前几天不是刚中十一点？他回，输啦，统统还给他们。说话间，那头在叫"开"，我们已赌了几把，押过一两欧小钱，今日颇得聊天的心情，就边看边讲，并不再押注。赌摊人并不多，离天黑尚有半个钟，此时赌徒最为休闲，晚工还未开始，我们称之为"观局"，即是，好几个赌摊当中绕一绕，庄家也正在摇手感，一切都是新的、不稳定的，赌徒的一夜才刚露一角月牙儿。"观局"时，我二人发现一位新来的女庄家，手势极生疏。赌摊有时故意这么做，派一个生手揽客，初时有机可乘，入夜后则换手。专让人入坑，怎么讲，赢来五蚊赔十蚊了。

庄家如若手狠，摇得骰子撞塑料碗盘亦当当作响，老远就听见，听见忍不住要来看这热闹，看了一会儿热闹则忍不住要下注。声音杀人于无形，听他气势，觉得他已算好赌纸上的注了，押什么都不会准，迟疑即输。叫"开"也有技巧，要将赌徒的眼睛都收过去。太快开出不够刺激，无法让人的精神力忽然地大量消耗，也无法激得人脑发热一头扎进这游戏；太慢开出，人客会跑，赌徒这生物真好笑，有时站定一赌好几个钟，有时又最没耐性，庄家愿意赌徒急不可耐押注等开，失却计算的心思，可太故意吊胃口会驱人去别家赌。唯熟手能够把控程度。而我与黑皮夹克算是赌中的熟眼，庄家生得什么模样完全想不起，但凭手势认人。四个指没上场，坐在远处食摊吃鸭蛋活珠子，即"宝宝蛋"（l'œuf avec bébé），斯里兰卡人点暖灯孵得，煮熟与越南芫荽（越南语拼音 rau ram，叶片圆尖，每一片带有蝙蝠状黑斑）及青柠同食，五欧三只，四个指一次吃六只，补充精力。我们光瞧他的脸，开始并没有认出他，只看他用四个指剥起蛋壳也并不减速，一转便露出一个带毛的鸭胚，黑皮夹克赢的钱第二天便在这四个指下又输回去，再看才发现他面颊有一道刀疤，头顶一条秃，再也长不出头发，知道亦被利器所伤。四个指觉察有人盯住他，居然笑着打了个招呼，他从卖饮料的冰桶中捞出两块冰，搓洗手，再以青柠檬皮依次擦九个手指，讲，稍后便上工。

女庄家拖泥带水，黑皮夹克认为她未够班，每隔四五次便摇出重复的单个数。我遂由小押到大，第一次押两欧在一个四点，输了押四欧，输三次押二十欧，片刻赢五十欧，又用五十欧押四点，再赢一番。这赌摊可真奇怪，庄家摇骰亦管收付账，抬眼，是一个年轻女人，长相近越南人，越瞧越面熟。她叫"开"的声音也不够吸引人，怯生生。我不好意思再赢，押二十欧在十一点，摆明还钱给她。"开"，她拈起碗，不敢信似的，将那三个数反复加了数遍，道是又中。黑皮夹克讲，赚得花红见者有份，请客吃鸭腿粉。那女人欲哭，仍数钱给我。我摆摆手，作罢。黑皮夹克骂我是痴了，看得一个年轻女人便心软，和亮哥亮哥一样，为爱反水干掉自己人。我忽然认出，她不就是上一周推小车卖三色冰（三色是我心中排名第二的赌摊饮品，第一自然还是G7）的吗？她的三色比KOK好食太多，除了必须要有的三色"珍多"与椰浆，亦搭配树菠萝、去皮绿豆沙与海底椰，杯口盖上一层碎冰，而且绿色"珍多"是真用斑斓叶汁染色，有清香味。于是更不肯收钱，正推让，四个指上场了，他将女人推到旁，将一叠散钞塞入我手，我个阿女不争气，愿赌服输。

5

　　四楼生命之粮教会，初住十三区便知道。那时刚搬进高楼不到一周，与其他五人分租一间八十平方米的公寓，我只见过其中两位，一是与我同住小房间的女生，已忘了是学什么专业的，她每天食一只越南三明治，一条法棍切开，夹叉烧肉薄片、薄荷叶、腌胡萝卜丝、芫荽、辣椒，中晚餐各食一半。她跟我讲，厨房经常出入仅穿内裤的男子，但不是同一个，可能是 A，亦可能是 B，故而在房间内解决伙食。我煮九州猪骨面时，也碰到他了，穿着一条有点宽松的灰色内裤，上身倒披着长袖衬衫，正对着窗口抽烟。虽衣衫不整，但仍维持最基本的礼貌，点点头，祝我好胃口。我们住在二十二楼，他由二十二楼的窗口弹烟灰，我向下瞥一眼，小公园已是现在的格局，灰扑扑的，植被上也盖着一层灰，包围于数栋高楼间，单是从窗户里落下的灰就将它埋没了，人极小如一粒蚂蚁，忙忙碌碌移动。或许他是 B。听得他问我，你不恐高？我摇摇头。他将烟头在龙头下面淋灭，打开垃圾通道，像黑色的一只嘴。他自顾自说，我恐高，抽烟从不往下看，只打开窗户，高楼风好劲。又嘱咐我，烟头一定要淋湿才能丢，垃圾道内壁粘满油，会引发火灾。说罢，思索片刻，其实烧了也好，不知道有几万只蟑螂。你怕不怕？我答，不怕归不怕，但我正在吃饭，请你稍后再展开这个话题。他嗤笑一声，调转身，屁股似一颗蓬松松的灰色垃圾袋，走了。一日，搭电梯时碰到 B 已在等，穿戴仍不齐整，一件不知道从哪个旧货摊买得的皮夹克配破牛仔裤，但这回至少不是只得一条内裤了，他按底楼，我便不再伸手，他问我是否去觅食，我说，对呀，夜宵时间，吃碗云吞。他又问去哪家。我说不如好好酒家。他提出与我一道，他吃金边粿条，我们可以讲讲话，他请客。电梯下至八楼，门开了，一位妇人走入，见我手里拿本书，讲，好晚了还出门温书。我回，阿姐，这是小说。至五楼，一位斯里兰卡人走入。妇人与他都使了个眼色，我后来才知，是站街女将人客带到公寓了，有单独房间的收费高些，一个钟二十欧。通常人客走远，站街女才会再出街，站在黑里等着下一位。至四楼又“叮”一响，门开了，无人。电梯不灵，关门复又开几次，我们按了关闭钮才合上，便听到众人的歌声，一架钢琴正在奏出抒情的曲子，为咏唱伴奏，具体唱了什么辨不真切，只听这歌以"感激你，爱你"呼召。远远传过来，电梯门闭上仍有隐约的旋律随我们直直下降，像要把人拉过去。B说，教会又在团契。出了楼，走到大街上，他指给我，四楼的窗一片白光，雪雪亮，玻璃上红色字：神爱世人，生命之粮。十分鲜明，尤其在灰色楼宇数十层杂居公寓花色不同的窗帘之中，是一条亮又齐整的矩形。

我不爱做工，为陈牧师做工是贪图生命之粮进修室中的大桌与雪亮亮的白炽灯供我赶功课。我分租的房间里仅设两张小床与一只衣橱，我与三明治女生各用半橱，将衣服书本等压缩至最少，分放入格中。每晚过十点半便关灯睡觉。三明治女生睡眠极佳，我睁眼听大街上公车打转弯铃，地铁于地底深处轰鸣而过，上下楼层洗衣机甩干声电视声，垃圾道中不知谁丢了件沉重的物事哐嗵嗵一阵如叹息，隔间B在讲电话，又转为一对男女争吵不休。一栋楼成百上千人，即使他们入睡，夜晚亦喧嚣。陈牧师将备用钥匙交给我，做完事，我便可以自由使用那间进修室。大桌正对着数十把空椅子，团契时坐满兄弟姐妹一起唱歌。歌有时重复对父的爱意，有时则需要一些情节，这就是我的工作了。情节的展开须直接，简单，押韵。例如"晴空万里，想到你，你是慈父，你是阳光，你在我心里"，或者加入忏悔"听我，我怀疑，我麻木，我后悔，而你听我，你原谅，你爱我，爱我的所有，爱所有的人"。忏悔是由于人有私心，做了坏事，所以害怕，会恐惧才是人，而父让我们不恐惧。陈牧师如此讲道。其实我没怎么听过他讲道，只管做完工，写课堂报告至深夜。中国城终于变成黑色的，路灯的照射下，影子又覆住黑。我望出去，一个塑料袋仍在风中飘，像一只乳白色泡泡，缓缓上升，缓缓下落，眼见快要落到比四楼还低，却又被什么托起来了，飞上另外一楼的十五层。它总归会被刮到角落里，或挂在树枝上。但当下它很饱满，在黑的衬托下，吸收了周围所有的光。我所在的矩形，与它，是此刻最白最明亮的。

陈牧师认出我，与我共饮 G7，我也想起，那黑皮夹克是团契的兄弟，我见过他唱我写的歌词，记不清那一曲是感谢居多，还是忏悔居多。总之，不太习惯听见那些词被唱出。我曾问陈牧师，不信可否写词。陈牧师说，这是主的安排。我只参加过那一次团契，黑皮夹克与其他的兄弟姐妹一道，按照牧师指示，唱着唱着便站立起来，眼睛向上方的白炽灯望去，面容肃穆。接下来他们又朗诵我写的诗，那诗每一段皆以"我聆听您"作为终句，黑皮夹克念得格外大声，几乎到喊叫的程度。我无信仰，不过黑皮夹克算我赌博的兄弟，一道赢了四个指的女仔几百欧，我分他一半，也赚得够多，今晚一餐，明早还得一餐，一周都不用上工。

第二日十点半，我去旺兴食金边粿条，加一客咖啡奶冰，吃饱后又绕到小公园，经过高楼间的那一排垃圾箱。垃圾箱已被罗姆仔翻过，破烂布料与垃圾袋散得到处是，罗姆仔这点最烦，垃圾箱盖子也没合上，卡住了，一丝金线闪了闪，是那只印度纱丽娃娃。

6

你问我去中国城吃哪样？当然是 pho，巴黎十三区的 pho 比越南还正宗，世界第一。家家餐厅做，一家有一家味道。蔡澜也来观摩考察，回到香港写文章，神神秘秘：某栋高楼中藏间店，汤头鲜亮，牛油味浓，"特别生熟牛肉粉"配料：熟腱子肉、牛肉丸、牛筋、牛百叶、薄切雪花肉、鲜河粉，滚汤一烫，堪称绝味。大家猜不透是哪家，店家亦不将杂志打印出来贴于玻璃店门上揽生意。我想是才哥的香香，唯有才哥如此低调。中国城的 pho，一些以数字为名，pho 14、pho 13、pho 7，因 pho 14 先打出名号，无论何时，门口都有一堆讲英文的游客排队。才哥说，汤头顶重要，每天售几千客，哪里有这般大的厨房熬几千碗汤？确实有人食完14喊口渴，味精汤头。然而你要问除出pho的第二选，我会说金边粿条，有钱没钱吃它就对了。粿条细一号，分汤粉干粉，选干粉是最佳答案，店家送碗汤。金边粿条的比试便在这汤上。中国城的肉铺猪脊骨与大骨最价廉，大多作添头赠送。餐厅打包了去，每日现做两大锅高汤，专用来配干粉与鲜虾云吞。汤底有瑶柱干虾子白萝卜，一只骨头带不少肉，盛在大碗内，挤几滴青柠汁，甜中带鲜。干粉惯例佐以猪油、酱油、炸红葱碎、猪肉碎、鱼糕、一条剥去尾壳的大虾，新乐园（Tricotin）则配猪润猪俐猪红，猪俐是猪舌别称，"舌"近"蚀"不吉利，"俐"通"利"招财；猪润即猪肝。金边粿条六欧五一碗，法国区一杯啤酒的价格。我坐在香香酒家的打包位，才哥来，问我，好吗？我讲，每天都好。他送我一碗大骨汤、一小碟生豆芽、青柠一瓣，叫我去买条法棍。每天混一餐，当然每天都好。可是才哥苦口婆心，偏要讲道理给我听，小赌怡情，大赌伤身亦伤财。我说，上赌工未必不好，人手不比老虎机，每日赢二十欧轻轻松松，早食金边粿条，入夜赌摊旁边有食摊，pho、鸭腿粉、牛腩粉、排骨粉，无执照非法经营，五欧一碗。西班牙赌徒每日在酒吧老虎机上工，比我忘情得多。才哥一笑，赌摊食摊能够天长地久？我算算，赌摊半年前刚有，雨后毒蘑菇似凭空在小公园草地上长起来，或许有天忽地消失。但赌得一日算一日，上一天工得一天报酬，比图书馆中苦熬快乐许多。有时，我从中国城里走出来，也不用走上多远，只是到托比亚克街的另外一头，忽地感到额上多道天光罩住我，晃得睁不开眼。我又回头去托比亚克中间那条扶手梯，上扶手梯，行至潮州会馆门口的大香炉，烟气蒸腾，进入佛堂，地毯上面白灰尘埃人的碎屑铺出一层软绵绵带着檀香味的软垫，我觉得它给无纸人遮了头，便困倦得也要睡了。

天黑旁边94省的神灯仔来押注，他们身着运动服，裤脚扎在袜子里。地铁七号线黄线下一站即出中国城，神灯仔傍晚前一群群坐在贝尔当路路口的露天水烟馆子，抽水烟，饮555薄荷蜂蜜茶，一位大胡子拿着长流大茶壶将茶倾入透明玻璃小杯中。烟馆亦能消磨一下午，一筒水烟十五欧，薄荷味的摩洛哥烟膏加糖也还是太劲（虽然舌底会有一层甜味），抽完不是想吐就是腹泻，影响赌博发挥，故而我一般只喝薄荷茶，吃椰枣，与神灯仔并不熟。赌徒少有摩洛哥人，这几个皆为阿尔及利亚人。我记得，曾经的夜宵时分，B与我饶舌：中国城的神灯仔是过路客，至少伊夫里与舒瓦西两条大街上未曾有过他们的立足之地。四十年前，此地建起高楼，瞧这密密一片，暗无天日，当时全巴黎最高。楼群间两条大道，名曰伊夫里，名曰舒瓦西，横过来一条马塞纳路，诺，就这样，B用好好酒家餐厅的牙签围出个三角形，我们便坐在左边这只锐角上食粿条。三角围住不大不小一块地，法国人划出来，接收被波尔布特迫害的柬埔寨人。波尔布特在法国过念书，本名叫沙洛特绍，上台后又叫自己第一兄弟，再后来，取了法国话缩写的诨名，写作 Pol Pot（又作波儿波，参考乌力波），是 Politique Potentielle 的缩写，听起来是不是很厉害。我摇摇头，表示不懂潜力政治是何意。B 说他也不懂。波尔布特爱杀基督徒、伊斯兰教徒、佛教徒，也爱杀与自己一样有华人血统的人。七十年代到八十年代间，许多人跨境先逃去越南，再想办法跑到法国，基本都是半潮州裔。我又问他怎么得知这些，B 耸耸肩，说他参加了十三区体育馆的反抗波儿波纪念乒乓 ball 大赛，听得不少这类事。总之，这片地方由潮州佬控制，黑仔神灯仔进不来。B 的长相，我早已记不清了，他与我吃过三次夜宵，三次都是金边粿条。他讲，你问我去中国城吃哪样，我第一推荐 pho，世界第一，但若吃到熟，还属金边粿条。柬埔寨首都金边—— 一座有三条河的城市。这三条河分别是洞里萨河、湄公河、巴萨河。巴黎只得一条塞纳河。金边粿条是十三区历史上第一种亚洲食物，比第一兄弟的第一尤甚，以新乐园、新中华、新世界手艺最佳。名中带"新"字的反而是老店，大家甫来到巴黎嘛。大中华、中国城大酒楼、好好，反倒相对较新了。我想约 B 去新乐园试试加有猪润猪红猪俐的金边粿条，佐几颗白醋腌制的朝天椒，必定别有滋味。可他很快便搬走。那时，开夜宵档的唯有好好酒家，老派餐厅早打烊了，昏昏暗暗，招牌白底反着光。食毕，我们由红葱酥烧腊香气中走至寥落的街上，往往趁机活动筋骨，并不着急回到五人共住的二十二楼公寓，遂沿着三角形某一条边散会儿步。我问他是哪里人，为何如此明白潮汕乡愁。B 点一支烟，说他自东三省来，此地之于他，亦是南国。

7

赌徒与赌客不同，由着迷程度而定。赌徒虽技法上不见得专业，但只要瞧见折叠桌撑出，便直直上前押点数，且不输光绝不罢手。我许久没有瞧见赌徒黑皮夹克，据说是欠庄家四个指好大一笔钱，躲在某一栋高楼中。四个指上他家去寻人，公寓隔出的一间小房，窗户临街，遮光布做窗帘，屋子里暗得很，置一架高低床，他与老婆睡下面大床，女儿爬上去睡小床。女儿是本地出生的，刚上小学，说一口法国话，见四个指上门，只一句，爸爸不在。

又低头写作业。四个指退出去，帮她带上门。陈牧师听说这一切，又来小公园招募信徒，赌徒皆低头不理他。旁边有三位耶和华见证人的传教士，也在发书。书我看过，故事情节的发展颇合理，玛丽亚和农夫约瑟结婚生的耶稣。我与陈牧师对饮 G7，和他说，你瞧耶和华见证人是法国人做传教士，慈眉善目，代办居留卡，出住房证明，每周开法文课，照样束手无策。陈牧师问我为何也赌，我想了想，大概他永远不会懂赌徒与赌客的区别，便敷衍他说，这是主的安排。他叹曰，你还是不信。我说，信也不会让我拿到居留。陈牧师摇摇头离去，隔天我见到他，他不再发放小册子，坐在食摊，吃排骨粉。

神灯仔、我、印度佬、西藏人都算赌客。神灯仔与我们更加的不同，他们不碰食摊上的任何东西，不饮咖啡与酒，不听摇骰子声。每桌两人搭配，分别单押一个数字，明显事先便定下策略，不知他们何以对泰国赌纸如此熟悉。庄家摇骰子时，神灯仔戴上降噪耳机，耳机缝中漏出几个节拍，是阿拉伯电子乐。他们甚至不看庄家的手，全神贯注心算概率。庄家都不爱神灯仔来，巴黎下了几场冷雨，夜里起风，众人喝着超热（bien chaud）的 G7，一个个桌雾气蒸腾，很是喧闹，连楼上赌马阿伯都忍不住下来押几把，只有神灯仔自己携带一种高高的帆布面折叠凳，运动服外套着优衣库的长羽绒服，于人群中，又似完全置身事外一般，赢上一两百欧即走。印度佬饶有兴致地看了一会儿，笑说，les sournois（奸人）。他与我们讲法国话，与卖茉莉花、香料和水果的斯里兰卡人讲泰米尔话，据说他也讲印地话，我觉得他眼熟，可他们长得都颇相似，这么判断或许并不客观。亦可能在某个后厨见过，以贵妃鸡出名的美丽邨酒家（Fleurs de Mai）虽说是间广东菜馆子，就是雇得印度人斩鸡。十只大蒸笼的鸡同时出笼了，雾气中，印度人操起一把大菜刀，将它们翅膀、腿、屁股、胸脯全都斩得整整齐齐归置盘中。或许就是他，其实雾气中也瞧不真切。

马头将军骑他那辆装着毛绒玩具马头的脚踏车，小公园里绕圈。高楼中的小朋友跟在车后跑，边笑边叫，cheval cheval cheval（马马马）。他们的外婆奶奶姑婆们站在草地边聊家常，小拖车已装有当日的菜，通菜（可炒虾酱通菜或腐乳通菜）、芥菜（煮咸蛋黄芥菜肉片豆腐汤）、芥蓝（白灼芥蓝）。高楼人身上有种特别的味道，我知我也有过，尤其是外套，是虎标清凉油混厨房味，凉凉的，又家常。马头将军头戴软边牛仔帽，将脚踏车铃安在马头右耳，口里"驾"一声，打起铃铛，弄得小朋友们更兴奋，跑得一身汗，软软地错扑在路人身上，便闻得这高楼味。我时常怀疑才哥弄错了，马头将军哪里会食K仔，他瞧上去比小公园里大多数人都健壮，长发束在脑后，皮背心，脖子上戴一条皮领绳，腰间的皮带扣有手掌大，看起来与电影里牛仔的区别只在于他腰间少别一把左轮手枪。可天一暗，他开始卖药了，背心外袋中装着给小朋友们的蓝色旋涡薄荷糖，内袋中才是白色药丸。道友们又拖着腿一顿一顿地走出来，小朋友们回家吃饭前瞥见，又笑叫，僵尸僵尸（中文）。我好几周不见老娄姨，夏天时她偶尔走至食摊讨一只炸虾，可能冷雨将她的纸窝棚泡烂，我见过她铺破褥子在纸盒中，不似白皮瘾君子脏污，瘫在角落，脚边一只啤酒罐，尿也尿在近处。

　　印度佬与马头将军在高楼投下的阴影中聊天，我才知马头将军也讲印地话，有一半印度血。印度佬真算个怪赌客，每每等十把中才押一把，赌注不大不小，五欧或是十欧，押好后，便交叉双手，大拇指相互点点，漫不经心地等开，并不关心输赢。他的左手无名指戴一只斯里兰卡红宝石戒指，银托为粗糙的手工制品，宝石却那么红。如果要称之为鸽子血，应该是十三区地上一群群灰色城市鸽的血，由脏兮兮泛绿的脖翎中渗出的深红色，不会使人联想到纯洁的白鸽子羽毛上落下的一滴。他指甲修剪过，做工赌徒们由四面伸出的黑压压的手，长指甲扣住钞票，显得他的手尤为整洁。今日我把握不住概率，换了三个桌，至深夜才赢钱，地铁已停运，地下道落下铁闸，于是沿大道步行回家。 卖水果的斯里兰卡小贩仍守着地铁口，凭着由地下吹出的最后一股人的热气支撑着，等待着每三十分钟一班的夜间车载人抵达中国城。我塞给他张十欧，买了一堆带叶子的红色橘子，抬眼见印度佬站一旁。我问印度佬是否还要去赌，一百欧起押的大注赌局才刚刚开始，听，小公园里仍在播着音乐，仍传来一阵阵叫喊。印度佬说不，他并不是赌徒。

8

　　赌徒间没有真正的交情，除非借钱给他。赌客间或许有些微友谊。"观局"时，一位笑嘻嘻的老者在我旁边押一欧两欧硬币，屡屡示意我跟着他押，只十几分钟，一欧硬币变三个两欧硬币，他讲，去吃三色冰。我点头。四个指的女仔今日没上场，在一旁舀起碎冰加入杯中，她的三色只要两欧。老者饮一大口，对她笑，阿姐再给我加满。她也不恼，真的给他添上一勺椰浆。吃毕，舌头好甜，肚子里好凉。老者又要去吃当归鸭腿粉，是一位穿着脏兮兮粉色羽绒服的妇人在卖，别人都有个摊，她仅放只桶，我们得站立着食。鸭腿粉中放糊辣椒，干辣椒锅底焙熟春成细末，又香又辣，故而我们也甘愿。老者咬半截鸭腿，又嘻嘻笑了，阿姐再给我加只腿。妇人啐他一口，老孏线。
我们吃完又去赌，仍赢钱，硬币越来越多，口袋里沉甸
甸，加起来足有几十欧。老者摘下帽子，摸摸秃头，讲他
要走了，嘱我今日 stop。我觉得他很有点智慧，与他道别，
去食鸭蛋活珠子，人客寥寥，摆摊的夫妻正在塑料布上填
写一张表，我凑过头瞄一眼，发现老公正在给老婆申请更
新依亲十年居留，不禁心中烦闷，吃也不吃了，随便选个
桌便又赌，闷头押了几把，只十几分钟，不知怎的就都输
了，甚至这桌不是四个指在摇骰。我心内感叹，果不其然
如老者所说，今日须 stop。隔一月，见他在街上走，手上
拿张报纸，四下喊人阿姐，叫人读报给他听，果然是痴
的。可他与我有友谊。我遂上前给他读一段：欧洲时报租
房广告，大地地产十三区高楼内好房整租合租皆可，中央
供暖，包 charges，转让费五百欧，租金一千两百欧，约会
看房。

　　碰上西藏人便打配合，他押注很快，不假思索摆一张
十欧，押两个数，一次赢三十。我以他的三十押单数，赢
几次，一人一半。有时我亦输光，他并不怪我，赠我十
欧让我继续押。不似隔壁桌东北夫妇，男的押，女的叨
叨，不押五，不押二，不押三，不押四，四就是死，押
一六，六六大顺。男的回头骂，顺什么顺，还六一儿童节
呢。结果开出就是四。他们下大注，一次五十欧，赢了喜

笑颜开，输了大打出手，仇人一般。转眼间，两人复又头靠着头研究起赌纸上别人的注来。西藏人喜欢我做拍档，赌得晚了，他建议，不如他请客，我们去高楼搭铺旅馆凑合一夜，一人十欧，不必寒夜里走路，我说我住下两站，走二十分钟即到，他说他住 BNF 旁的黑色方形难民楼，家中还有一个妹妹，开门钥匙声响，总被妹妹骂。高楼旅馆被褥经久不换，只能问食摊讨张一次性塑料桌布铺上合衣睡，暖气却太足，夜里口渴去厨房饮自来水，干净杯子都没一只，得用手拢着喝。西藏人耸耸肩，很是无所谓：待到五点，假寐三个钟又要去上工。他在南边加油站做事，凌晨六点，大货车开进来，买咖啡，买三明治，有人还要吃梦龙杏仁白巧克力那款。我和他讲，没错，加油站梦龙最有滋味。

斯里兰卡小贩的带叶红橘唔好食，凌晨我沿着大路走，剥一只，手指也沾得酸苦味，整袋都送给街边流浪汉。白天我又路过第一商场，店门口摆出一栏栏热带水果，芒果、龙眼、山竹、黄皮、释迦、榴梿，颜色鲜亮，让人浮想联翩，感到远在泰国越南柬埔寨，一年四季果树正不停地结出果实，它们的光泽与甜香流溢直至十三区，直至腐烂。定睛细看，火龙果鳞片状的红色果皮间已长出菌丝；芒果正面完好，翻过来，一大片黑色斑；释迦放太久过熟，果蒂脱开，果体破裂，流出一摊亮晶晶的糖水。

这味道才是十三区，十点钟，腐烂的甜香中又多出一道新鲜的甜香，不仅广南泰，还有超群饼屋、李允蛋糕屋（Ly Kuang）、友谊食品公司（Yv Nghy）皆源源不断散播黄油玫瑰花椰蓉的气息。今日，超群饼屋中挤了一群穿烂色袍子的，有西藏人也有法国托钵僧，他们几个穿皮鞋，几个穿绳结鞋，但无一例外都剃头，左胳膊揣在衣襻中。超群平时做白云大包、越南三明治、碱水粽、广东粽、月饼、榴梿或其他罐头水果的奶油海绵生日蛋糕。今日他们来订一座九层大蛋糕，比十三区最风光结婚蛋糕再多出两层。法国托钵僧解释，蛋糕裱花只要两种颜色，一种是 rouille（铁锈色），一种是黄纸色。超群老板娘不太懂，又不敢多问，先殷勤地拿出一张账单纸记下何时送货。旁边一位汉人女修行者插嘴讲，就是我们袍子的颜色呀。老板娘恍然大悟，拍张照片，讲要慢慢调。这座九层大蛋糕定价八百五十欧，法国托钵僧经常来十三区化缘，混得脸熟，所以打了折扣，六百七十欧，一次付清就得。

过半周，东方语言学院贴出告示：大师临时开讲座，两位托钵僧作陪兼作翻译，学生们如果欲参与，请尽早注册登记。告示上贴有照片，附生平介绍文字。托钵僧如左右护法，侍奉于大师身边。一位叫纪尧姆，修行名多吉（金刚），另一位叫弗朗斯瓦，修行名次仁（长寿）。超群饼屋中所见到的便是这位弗朗斯瓦长寿了。东方语言学院有其传统，原先出过一位在大雪中修三昧真火的大卫妮儿，变成空行母，收养当时已是成年人的和尚庸登作义子，又将庸登携至巴黎。后来出版自己的游记，修法若干，登上畅销书榜首位。我在咖啡厅见到告示时，已有一群人围住，极有可能抢不到位置，便立刻转去秘书处注册。其实也不是纯为凑热闹，我想，若得到些感应密法，岂不是押得更准？

9

我与西藏人又赌了十几次，方与他说起大师。那时我二人输惨，四个指已消失月余，换来一个手法极飘忽的庄家。天气渐冷，白日下雨，夜间下雪，大家不想饮三色，四个指的女仔亦不再推出小车。我们想念好时光，虽说不是真的好时光，但远胜过赌得焦躁，一个桌输了便立即转另外一桌，偶尔概率准，站定了，双腿又好冻，令人十分不耐，要喝威士忌取暖，几杯酒下肚看不准算不清。西藏人好酒，取一杯又取一杯，喝醉便去高楼旅馆投宿，掏出袋中当日做工收入，托付我再押，我很快输掉。我说，手气如此霉，或许是由于并没有真正得见大师，注册讲座者众，我们被安排在隔壁阶梯教室中看同步直播。学生们请教如何学习，纪尧姆多吉充当翻译，坐在大师脚侧软凳上仰首问了。大师讲，如果有机缘，还须通读原文丹珠尔甘珠尔，更有诸种文献，翻译即是拣选，拣选材料，拣选词。讲座末，东方语言学院请大家有秩序地离开，而诸人不知道由何处听说大师要去后门搭乘他专属的黑色轿车，纷纷挤到上方的一座陆桥等着，过二十分钟，先来校长副校长，复又走出两排穿着彩色民族服装，双手捧着洁白哈达的藏族学生，候于路的两侧。身后一位法国学生几乎趴我的背上，将我压牢于扶手，我喘不过气来，转头看他，不知道为何，只见他脸上一直挂有微笑，痴痴迷迷看向拐角暗处的那扇后门。我忽地有了预感：哪怕有密法，我也接收不到了。我还存有一点点的私心，即这密法会让我拿到居留，给我身份。可在人群中，我隔绝于"信"。这预感如此强烈，就如我当下站在一个桌前，知道我一定会输，连西藏人的钱也要被我输光。于是我又挤出人群，那天甚至未与大师吸到同个空间的空气。我回到十三区，走入潮州会馆的佛堂中休息片刻，拿起信徒们每周三周五都要念唱的法华经盖住眼皮。闭眼时，瞳子中瞬间留下摇动的烛光与长生娃娃脸庞的金色，这一小块闪烁变幻又化作花花绿绿的赌纸。赌纸上单个数、双个数、三个数、十一点、大、小，好似地图清清楚楚，我的脑中自动浮现出要押的单个数，遂被预感所控制。一旦赌客凭靠预感，就成为赌徒，总归要身无分文。西藏人告诉我他姓益西，那天趁他还未喝得太醉，我问，益西，怎么不见你去讲座上见大师。西藏人说他们早已组织参拜过了，大师亲手将一座九层曼陀罗蛋糕切开，推倒，奶油做成的香花、牺牲、神佛、祥云、骷髅化作一团。每个人都分得一块，吃得十分珍惜，有人甚至涂在头发胡须上。是樱桃芒果口味的。

还未来得及讲我终于知道为何印度佬眼熟，又有警察冲赌摊。这阵子愈来愈频繁，放哨小童亦不知道躲到何处去，正在押点数，便衣过来，亮出证件，赌客们大多是无纸人，四散奔逃入高楼。庄家走不脱，押去坐监，罚款两万欧。大家都说，平常睁只眼闭只眼，到年底警局也要分花红，遂到小公园搜刮，连警灯也不打，两三辆车开到路边，十几人由巨人超市、五洲超市旁、高楼垃圾堆三处分头包抄，真是奸诈（les sournois）。晚十点，冷风中，白灯都来不及收，赌纸上一堆十欧二十欧钞票。我们将威士忌杯子丢在草丛中，西藏人说他的居留还未获批，全靠在加拿大魁省做和尚的哥哥打点。他身手灵敏，先躲树丛后，见未有人注意到他，便倒退着翻过栏杆至大街上，正好一台轻轨打着铃开入伊夫里站，他跳上车。车厢明亮，由我这里望去是一节节接续的光柱，开动了，化为一道缓慢光线，却分明看见益西向我挥手道别。我调转头，索性伴装食客，桌上尚有我们的五十欧赌注，分别押在四点、六点。口袋中还剩一点零钱，我数出硬币，吃一碗 pho，卖 pho 的妇人亦受惊，但她也知警察一向抓大不抓小，暂时安全。惊魂未定中，她烫粿条，为我加了许多熟牛腩、牛筋、牛肚、牛丸，又用滚汤浇生肉，我将薄荷叶、金不换撕碎，取过海鲜酱与是拉差酱，大吃起来。警察按着庄家与收账的脖颈走过，高楼住户们看完热闹复上楼去睡，食摊上只得我一人。

最后一次赌是印度佬引路。小公园已不再有赌摊，一周有两三天食摊摆出来。食排骨粉时，印度佬前来问要不要赌，现在都到高楼中赌。他的戒指不知所踪，那天在东方语言学院咖啡馆我就是凭戒指认出他，他穿上灯芯绒西装，戴一副眼镜，向同事介绍研究进展：十三区南亚诸族调查，见我盯着他的手看，便大方一笑。这次他又着破外套，引我入附近一栋的第十五楼，防盗门开，一张大桌、几把椅子、花花绿绿的赌纸，仍是泰国骰子。公寓中的一间设为赌场，另外几间不知何人在住，只听得脚步进进出出，厨房中在炒菜。已有两人坐着押注，我不习惯坐，遂立于桌角。摇骰子的是一位东北阿姨，见我犹豫，热情地介绍起来：墙边大冰柜中的饮料只卖一欧，保温瓶里的茶水则是免费，包晚饭，米饭配地三鲜。她摇骰子的手法不同，赌摊庄家在胸口处摇，她夸张一点，放在耳朵边摇，手势亦生疏。我猜她与潮州裔庄家们并非师出同门。观局片刻，我先押五欧在单数点，赢四五次，复观局至二三十把之后。东北阿姨的"开"声拖得长，变出一种声调，我再押二十欧在十一点，决意输了就走，结果又中，遂买一瓶青岛啤酒，走到窗口，边饮边往下瞧。天已黑了，暗稠雾气笼在第十层处，一切都不分明。上来的电梯中，印度佬告诉我，他赌夜场，输掉学术经费，目前靠引路抵债，不知还到何时，问我是否愿意买他脖子上的半颗天珠。我说益西也戴，九个眼，还不是输？印度佬掏出天珠，益西所戴是由机器批量生产，他们西藏人不在意新或旧。这颗十九世纪 Idar-Oberstein 的手工品，中国人都当一千年以上的古董。我正要问 Idar-Oberstein 是什么，电梯叮一声，抵达了。

10

　　新乐园大酒家有人说起亮哥亮哥的故事。其实我一直不知道为何新乐园的法文名叫作 Tricotin，tricotin 是用来做编织（tricot）的小工具，以此作为餐厅名让人颇疑惑，金边粿条、pho、干炒牛河、大肠粉、猪润粥，怎么看也算不得编织的材料。亮哥亮哥与我一样，爱十点钟理发，初夏的风中，中国城明亮可爱，小贩摊上的蔬菜淋了水，旧皮鞋打理上油，好像随时都可以被穿走，灰鸽子也不抢食，打着转正在求偶，太阳下的污水波光粼粼。街道水喉又喷出清水，落叶、灰尘、烟蒂、揉成一团的彩票纸顺着这股溪流流啊流。此时闻到发间清新杏仁味真让人心旷神怡。亮哥亮哥今日不理发，温水浇在头上，他反而有点厌倦，和阿曼说，洗一下就得。阿曼不置可否，手心中挤一团洗发膏，收起指甲，揉出泡沫，按摩，冲水，足足洗了一刻钟。亮哥亮哥走出店门时，瞧见玻璃门上贴有越南剧场红楼梦的小广告。他搭地铁去二十区美丽城（Belleville）斑马俱乐部。斑马俱乐部是一栋白色小楼房，中间偏高处，蓝色油漆刷出小拱门，跃出一头斑马，原先是法国人的舞厅，后来潮州人改为夜总会，就叫 Le Zèbre de Belleville，舞台旁有台不知道谁人打剩下的桌球，亮哥亮哥抬手看表，时间尚早，便随意推了几杆，无一球进洞。有侍者来问喝点什么，他点了薄荷气泡水，perrier à la menthe，杯沿处要卡一片柠檬。薄荷糖浆在透明汽水里绿澄澄，气泡缓缓上升，点在舌尖上麻麻的，似年轻女人漫不经心的一个吻。又过了半个钟，亮哥亮哥看好路线时，四个潮州裔的柬埔寨佬来了，他们坐在卡座中。柬埔寨佬要加冰威士忌，边喝边摇动杯子，亮哥亮哥注视他们的手，手腕，手肘，只有乡巴佬才摇杯子，他想。念头要过未过时，他掏出枪，砰砰砰砰，了结四人。

我遂问，讲故事的是何人。听者告诉我，**他拍电影，**在三区有间工作室。我又搜索网络，**发现关于讲者的报**道都集中于《查理周刊》事件：**恐怖分子找错路，**持冲锋枪先至他的工作室，见是**一位中国人，便**退出再去隔壁周刊。此人对此绝口**不提，却津津乐**道亮哥亮哥。

从此泾**渭分明，人们**如是说，温州佬霸占美丽城，十三区中国城才**是潮**州佬的地盘。

研究生涯

1

我在沙都（Chatou）古董大集购得这枚粉红釉色凸起白字的协兴通宝瓷币，背后有蓝料烧制的标记——"一人戋"，"戋"字多一横，为繁体字"錢"的右半边，或许并非文字，而是一种计数符号。沙都位于巴黎北边的伊夫林省，正巧落在塞纳河边，过去先得乘坐区间火车，再搭摆渡车。我不愿等主办方的摆渡车，便沿河步行。九月末，岸边鸡爪槭已变得通红，像青色锻铁旁几朵火焰，风一吹更燃烧起来。同路亦有几位古董交易者，或前或后缓缓行着。我认得这一类人，他们自称是巴黎最后的晃膀子（flâneurs），只要天稍稍变凉，就频频由外套内袋中掏出银制的小扁瓶抿上一口烈酒，皮质衣领间系着短穗丝织围巾，嬉皮又有些讲究。他们似游玩，哄骗外国顾客至拱廊街的古董店中，购买有点风情的小物品，一双珠点皮质的手套、一支象牙裁纸刀、一颗印在烧化的火漆上的印章，诸如此类。亦出现在市中心每一条漫长街道的沽清地窖活动（vide-greniers / brocante）上，抑或周六日旺夫与圣多安，寻旧皮草、成套银器、手工制作的小提琴、浮世绘版画、十九世纪大餐柜，甚至二十世纪六七十年代的北欧家具。再有月余入冬，巴黎冬天最冻人，雨丝倾斜，整日不休的，他们仍系着丝围巾，抖抖索索，聚在大路口咖啡馆的煤气灯下喝白葡萄酒。伊夫林风景上佳，是出小巴黎（巴黎中心）几处著名的宜人大区之一，沿路许多别墅模仿罗马大宅，庭院种意大利石松，树冠如绿云，悬于晚秋特有的粉色天空。我双手插口袋，故意落在这些人身后，行至半个钟，见到许多白色帐篷了，正面即是沙都大集的入口。

　　帐篷已亮起灯，天黑得很早，下午四点过，光线忽然沉没。许多玻璃橱柜中设有展示灯，远远望去，蜜蜂般聚集。托马那处倒昏暗，他手下的巴基斯坦佬与德国佬正将一只东南亚的木雕大象头由帐篷顶上拆卸下来，一位穿着翻毛领皮袄的顾客仰首望，问托马从何处购得此物，托马晃晃脑袋，思索片刻，忘了，或许比利时，或许西班牙，总之是由另一处古董大集交换而来，同行换走一串波罗的海琥珀。顾客描述起家中格局，想象这只象头挂在哪里最妙。托马喜欢这样的顾客，不必费心，一点异域风情足可吸引，便微微笑着等候她说完。托马也是德国佬，白发，蓄须，只着件绒衣。他一定自带了咖啡机与糖姜，乏了饮咖啡嚼糖姜。他总说，糖姜暖身，巴士底大集上他便这么招待我。巴士底是我们共有的美好回忆，据说后年即将停办。顾客迟疑几分钟，终究好奇心占上风，草拟将那象头置于门廊处，好吓访客们一跳，欣欣然掏现金买下。托马唤巴基斯坦佬推小车帮她运至停车场，特地嘱咐须用塑料纸包好象牙尖角处，免得半途中折断。

　　落雨了，诸人不打伞，只三三两两觅得一位相熟的古董商，躲进他们的帐篷里。古董商养狗的占大多数，狗呢，通常喜欢在雨里走一走，故意淋得毛湿漉漉的。有人点烟斗抽，还有人买杯冷酒，摊口上立着。虽说我有事找托马，心情却很悠闲，德国佬素来守信，我对他讲，转一圈便回。他点点头，示意一会儿就把东西找出来。托马的展示柜乱得很，我也不知他应算是古董商（antiquaire）还是旧货商（brocanteur）。去年与大家混在一处饮梨子酒，有人开了个玩笑，说做古董商十分痛苦，选品亦有要求，旧货商则自由得多了，卖古董算干本行，不卖古董时还可贩二手冰箱。托马什么都卖，某位古董商做不下去了，他吃下整批家当，从不挑挑拣拣。他的兴趣也颇杂，哪怕三十年前的塑料玩具，也要花不少钱购入。据说他几乎不回家，也没人听说过他的家乡在哪儿。连他的两个助手都有固定居所。巴基斯坦佬开杂货铺；年轻德国佬念大学，念完要继承家里的皮鞋厂，只有古董大集的旺季才见着他们。托马驾驶一辆集装箱大车，装着他的杂货、玻璃柜台、货架、木箱、咖啡机、铝锅、糖姜、折叠床。每走一处，就要重新搬下搬上一次。估摸找东西得花至少半个钟，我走至雨中，与古玩商的狗们错身而过，漫无目的地闲逛起来。

　　大集卖酒的总是比卖吃食的要多。吃食无非几种：炸薯条、可丽饼、生蚝、鹅肝三明治。后两者是为顾客与室内古董商们准备的。一些古董商租有大天棚中的展位，提供暖气，坐着喝冷酒舒服极了。独立帐篷可没那么好受，日头一旦落下，便要冻得发抖，须摄入些热食。狗走至主人跟前，将水抖落在皮鞋与裤腿上，又围着脚打转，低声哼哼，讨一两根薯条或可丽饼边边来吃。我遇到的这个狗正是如此，它的主人吃完薯条，抖抖纸袋，把碎屑倒给它，接着，特地过来打开玻璃橱中的射灯。银子或其他金属的种种零碎闪起光，更显平庸。他示意我可自行打开橱门挑选，便又回到座位读他那份早就皱巴巴、油汪汪的报纸。狗不再闹，将脑袋搁在地面上打起瞌睡了。橱窗里摆放着几乎每个古董商那里都有的胸针耳钉针线包嗅盐瓶顶针——二十世纪初女人们出门会装在银丝勾成的小包中的种种。无甚可买，正欲离开时，进来个兜售的人，说姓李石德（Ichroeder），专清理遗产的。这行当基本是子承父业，可他的名片上也没印 de père en fils，只有常见的广告词："上门处理遗物，清空公寓，免费估值，现金买断。"他由一只大袋中掏出几十年布满灰尘的红酒、不再走时的摩凡陀表、几张丝织物、世纪初日本工根付、玫瑰念珠、镀金圣母小牌，再有呢，就是此枚协兴通宝瓷币了。

2

我记得清楚，巴士底大集结束时也落雨。古董商们已收拾起柜台了，对面卖威尼斯面具的把一张张涂有金粉的脸装入箱中，还有几个赚了钱的约着去生蚝铺子喝一杯。雨点砸在顶棚上直作响，托马说半年后巴黎再会，他之后要到柏林大市场摆周末摊。我也曾去过，大市场边设有一欧一次的公共卡拉OK。我遂问托马有无正巧注意到一个带动全场合唱《我的太阳》的中国人。托马讲，为何唱这首？我答，跟北京出租车司机学的。我猜他不太明白其中笑料，没所谓，总归我们颇有些相见恨晚的意思，虽记不得具体如何碰见，或许经由旺夫市场的凯琳介绍？或许某次被他铺子里悬挂着的珠串所吸引。初当无纸人那会儿，我喜欢假装寻东觅西，起先在汉学所图书馆，大家都熟，登记姓名便可进入。装修前，图书馆门口立有一个布满灰尘的大玻璃橱柜，摆放太久了，几乎没人再去注意它，其中有些早期汉学家由亚洲带回欧洲的纪念品，包括两尊十七世纪的官造金铜佛像，四十厘米标准制式，典型的蒙藏风格，旁边竖着标明来源（可能是赠予）的小卡片，它们仍沾有原先供奉时的香火油脂。一尊玛哈嘎拉面庞浮肿，是贴了太多的金箔；另外一尊度母则双眼半睁半闭，嘴唇肉感，唇边有一抹道不明的表情。我大概是被这两尊造像所吸引，时不时去坐一会儿。自从电脑录入书籍信息，两大排柜子中的档案卡都作废了，供大家任意取用作笔记卡。一日，我翻到张卡片，其上标注有一本图录，是六十年代入库的，图录收集了一百张荷兰人在意大利定制玻璃珠的样品卡与它们的印度印尼仿品。我起了点好奇心，去电脑上搜索书名，发现此书早已不在库藏中，或许几次整理书目时已被清掉。检索系统显示 BNF 还有一本，非开架书，馆内阅读。我并不太想立即前往查阅，听说每隔一段时间，汉学所中便有人受到作废档案卡的诱惑，注意力误入歧路。甚至五六年前，阅览者们发起签名活动，倡议系所销毁所有档案卡（大概有数万张），然而系所秉持环保的原则，拒绝配合。大家只好随身携带笔记本，或尽量使用电脑记事本，如非必要，绝不打开卡片柜。即便如此，就在三年前，仍有位读博八年的道教文献学学生因随手取出一张记下家教的电话号码，转而研究起擦擦（tsa tsa，一种大量烧制的陶土单面佛像）来了。托马将珠串挂在展铺顶棚上，非洲研磨玛瑙、伊斯兰贸易珠、南亚仿制的雪弗莱珠垂落，像五颜六色的帷幔，我一下子便想起那本图录，本以为早已将它抛在脑后，不料连书名都记得清清楚楚。

柜台射灯已关闭，附近有带狗的女人徘徊。巴基斯坦佬悄悄讲，仔细瞧，她马上便拉狗绳，狗一旦觉得脖子被勒，就要吠起来。你一定想不到这女人是小偷吧。大集就要结束，这是她最后的机会。说罢，我等一齐佯装聊天，一面腾出一只眼斜盯住她。那狗已颇老，狗耳朵与嘴处生出许多白毛，不太乐意似的，贴着地面哧哧嗅了一阵子。不知女人手上使了什么动作，狗果然嘶声大叫。附近有几家不太有经验的皆伸头看，女人遂往那处去了。托马招手叫我入柜台里，瞧他近几个月新得的一部分珠子，有一两颗极为有趣的，倒不是大众意义上的有趣，只有玩家才会认可其价值。比如这粒 Harappan 成熟期（1500BC）利蛇纹石材质打磨精细的纺锤形珠，呈淡黄偏绿色，孔道未打磨，若用放大镜看，能见到当中残留有金属丝；另有一颗半成品，顶端重叠半圈弧线，说明不知何故，数次选择钻研位置皆未有决定。我与托马有个共同点：总爱研究这些不值钱的小玩意，尽可能地解读其中的信息。不知托马由何处批发了十大箱垃圾珠，各个时期的都有，只是需要大量时间精力将它们拣选，整理出来。巴士底大集共有七日，我便共有七日时间，从早到晚拿放大镜看，希望能碰到半颗，甚至只三分之一颗与印度佬的 Idar-Oberstein 制品类似的珠子。我如今得知，Idar-Oberstein 是一处德国地名，托马告诉我，那儿十八十九世纪即是矿石与玛瑙加工中心。这颗珠子十足奇怪，珠体为印度河谷系的玛瑙珠，大概是公元前一百五十年左右制作的，然而线条过于规整，乃是经过碱性物质白化，二次染为深色，又再次使用碱性物质腐蚀刻画图腾。我问托马能否化验出使用了工业革命之后的化学制剂，托马认为是天方夜谭。他说，信息太少，只有凭直觉。他第一眼看就觉得这珠子携有不同时代的工艺。我们倚靠在柜台上谈了颇久，吃了不少糖姜，喝了好几杯咖啡，他又取出一粒蓝玉髓（blue chalcedony）印章，形状规则，为少见的圆锥形，印面却做得极为马虎。放大镜看表面打磨痕迹——极细的牛毛纹。坠顶有一孔，因长期佩戴，也被磨至水亮状态。灯光下，材质尤显纯净，印面线条中的金刚砂磨制反光清晰可见。我说，真是可惜。托马亦颔首。印面图案是随意的交叉线与米字形，两者组合，通常指猎户星。我二人皆想起莱亚德夫人

（Lady Layard）的项链，认为可利用原有的图案，添加为更复杂的萨珊图章，只要以手工加工做旧，除出行家，便没人能看出修改。我们凑近灯，光圈印在眼中，一环环套住珠子，反而看不清楚，却始终围绕着手工技巧，回回避避地讲了不少话。此时，狗又吠，托马使巴基斯坦佬仔细装箱，但别要赶走这女人。

3

我见十三区有人抢垃圾，于是对北面最大的旧货市场心生向往。有人说那是个贼赃市场，若去得早碰得到小偷交易。其实哪里都有小偷，走在路上，某位故意撞肩膀，低声问，要不要苹果耳机，刚从专卖店拿的。我也被偷过，说抢劫更贴切：忽然将我推至地铁拐弯处墙边，外衣口袋里的东西全数搜走，包括学生卡、银行卡、地铁卡、一些赌博的零钱、一副耳机与一包面纸。我本想漫无目的地乘车去哪里转一转，只得重回地面，回到高楼间，期待碰到一个卖耳机的，如此这般可立刻听起滑病这种节奏规则的泰国说唱，获得些安慰。可晃荡半个钟，丝毫不见小偷身影，便又去才哥处赊账喝茶吃越南肠粉。吃毕沿大街回家，闻到冬日煤气灯的味道，有人凑近，兜售散装烟。我想知道贼赃市场里到底有什么，大家都说不好，也不会有人常去，离十三区太远。

前阵子托马约我沙都碰头，一是上次蓝玉髓的事成了，他送我串 Tairona 文化的管珠作为谢礼，二是他找到一粒 Idar-Oberstein 加工的 Bhaiṣajyaguru（梵文转写）珠，中文为一线药师，英国人认为是种 single banded agate（单线的缠丝玛瑙），也有些人称之为 Suleimani（伊朗名）珠。由名字可看出，它或许产于中亚，流行于西藏。Idar-Oberstein 十九世纪的确使用单线缠丝玛瑙材料，整块切割作家具镶嵌，也有打磨成圆珠的，那时已借水力作为动力，半机械加工，与手工打磨又有些许不同。这颗药师珠很明显是仿造一千年前的风格，珠子协会称为副本珠。我问托马从何处得到，有何证据说是 Idar-Oberstein 八十年代出品，他讲一位英国人詹姆士卖与他，此人九十年代中期在印度西藏尼泊尔附近游历，听过当地人曾提起德国珠。我将印度佬的半颗珠与圆珠穿在钥匙扣上，它们皆为大孔道，在金属小圆圈上滑来滑去，天珠质感是太妃糖，而药师珠真的好似一粒药丸；撞在一处，变为一只黑白相间的虫，要蠕动起来了。西藏人和我讲过，他们叫这种珠 dzi，发音为"瑟丝"，最古老的那些生在土中，化为虫由此处钻到彼处，一日行千里，一秒越百年。传说，有人第一次看到珠虫时还是襁褓里的婴孩，正要伸出小手去捉，它便从地毯下面逃走了；再见到它时，已是老年，盘腿坐于老虎毯上，珠虫又从双足交接处拱出，他便知自己要死了，遂以最快的速度捏住它。虫化为瑟丝，他用瑟丝换了一百颗珊瑚、一百颗珍珠、一百颗琥珀、一百颗绿松石、一百颗南红，给孙女做了嫁妆。我问西藏人益西，你脖子上这颗是瑟丝嘛。他笑说在八角街买的，用根皮绳系在脖子里。蛮酷。我再问，那怎么捏住瑟丝呢。他拿出一枚两欧，用手指夹住，押五六双数。就这样，他说。

不知高楼里是否还在赌，好久不见印度佬。我去东方语言学院寻过他，将两颗珠穿在钥匙扣上，为的是一旦碰到他便可问他。学校秘书态度颇佳，你找哪一位？印度佬到底有没有说起过他的名字？我茫然地摇摇头，突然记起他调查十三区与南亚诸族。秘书查找一番，答，似乎还未录入研究项目中，无迹可寻。遂指导我打开系所网页——总见过的吧？她调侃道。我细看每一人的简介，发现除出几位女研究员或硕博士外，他们长得都差不多。我想提示印度佬戴红宝石戒指，又觉得太过私人，与学术毫无关联。只得再看一回照片，确乎都不是。有位未上传照片的，我抱着最后的希望，指指头像处的灰色问号，此人仍在学校否？秘书说，前阵子回印度去做田野调查，可能大半年后才能回来。我抄下电子邮件，回家写了一封略长的信，大致描述了赌博经历，十三区高楼，诸如此类，最后讲，如果您就是卖我二分之一颗珠子的那个印度佬（那位印度先生），请与我联系。附件：断珠与圆珠的照片。我思索该如何署名，是否也标注自己的系所呢？最后作罢，只单独留了姓氏。两三周过去，并未有回信，去垃圾信箱查验数次，亦无。

由地铁四号线北面底站下车，经过贩嬉皮衣服的露天市场，行至路口再往北，经过加油站，穿行出路桥下方，有三四个流浪汉的帐篷，桥柱上满是涂鸦。其中一位已然起床，端着昨夜未饮尽的啤酒，对牢车流发起呆来，见我经过，举瓶示意。向右拐是较为狭长的支路，路边有两家汽车旅馆，许多垃圾在风中滚动，沿路不见人影。我疑惑是否走错，复行两三百米后，只见另外一处路桥底叠满黑压压的人头。天还未亮，警察七点前不会出现。人们挤在一处，取暖似的，正在交易。有人持一只小布口袋，掏出钱包、墨镜、手机等等，还有的已经铺出塑料布，摆出日常生活的种种废旧品。不时有罗姆仔驾车前来，移出大件家具等。小贩们拖着车，保温瓶中装满滚烫的555薄荷茶，一杯一欧。我要了一杯，小贩殷勤地在杯中点缀一朵新鲜的薄荷叶。茶里至少加了三块糖，极甜，喝下立即精神一振。我盯住人群，声音嘈杂——盯住手就好，这些手不停地取出，递出，又收回一些纸钞。有块塑料布上摆有几个抽屉，是书桌或衣橱中直接脱出的，装满信纸、旧钢笔、钥匙扣、外国硬币——本来就是难以归置，只能随手扫至一处的物件。我想，如果珠子是八十年代在欧洲制作的，那么必定会四散在一些抽屉的角落吧，遂翻找了一阵子。

4

十三区少有人知道我捡垃圾，我始终将垃圾藏在书包里，况且，我还算个垃圾专家，只捡极小的垃圾，全数可归入一只塑料保温饭盒。重且占地方的劳什子，譬如书，是决计不捡的。未曾想翻垃圾时碰到李石德，他突然站到我身后，拍拍我的肩膀。卡片、玩具、电线中有一根长长的头发，缠在我的手指上，有一半已花白了，必定是位年老女人的头发。我拍拍手，站起来，可那头发好像依然在我手掌心中挠痒痒，举起手再看，实则早已不知飘落何处。李石德穿得很像巴黎最后的晃膀子，大抵是那种可以称之为荡弟（dandy）的模样，大垃圾场中尤显得突兀。我立刻讲，我们装作不认识，他们看人开价，你这身装扮连累我。李石德嘻嘻一笑，这地方我最熟，从前怎没见过你来？我答，可能你到得不够早。李石德讲，我都五点来，那时会有真正的好货。今日还算晚了，只剩些垃圾。我问此地什么时期开始有贼赃交易，他倒也不清楚，只讲，原先不仅仅是贼赃市场，不远处有几个古董集市，靠近环城公路嘛，外省人上巴黎，总带些东西在此间换手。说话间，他也买杯薄荷茶，另些小贩围上来，快速叫着 maïs chaud maïs chaud，热玉米热玉米，颇有节奏感，有人上买一根，小贩解开推车中的黑色大垃圾袋往外拿，玉米连着皮，热气扑出，湿乎乎似下雨。几分钟后，真的下雨了。李石德站定喝茶，喝完又点根烟抽，眼睛瞧起来很困，他使劲抬抬眉毛，凝神望向雨丝，我二人站在路桥下，有一搭没一搭地闲聊。

不时有人走来，示意李石德随他至某角落看货，但李石德坚持，就站在原地，否则没得谈。来者皆是摩洛哥人，李石德叫他们摩摩（les Momos）。摩摩们被拒绝了，作出不快的样子，随即又笑容满面，大力拍李石德的肩膀，喊他 frère，frère，咱们老相识了，你晓得我是什么样的人对不对，有件东西，在那边车里，上车去看。或者喊他石德，很是亲密。我抱着手不出声，法国也遵照旁人出价不得过问的规矩。李石德买下一枚新艺术时期的水钻胸针与一只珠宝章鱼：身子是用粉红珊瑚做的，八只脚则由细小海珠穿成。他掏出放大镜，一个手势便打开并拨亮其中的小灯，分外熟练。我方才真的觉得，他是个职业的古董商，而非某个衣冠楚楚的美国中产迷路游客。李石德一会儿眨眨眼，一会儿也拍肩叫兄弟，他们交易都用现金。摩摩们爱在涂满发胶的发顶上抹手指（他们胡子也修得极为工整，鬓角切出线条，一般在专门的修胡店里打理），点钱极快。点完将钞票收入胸口斜挎的小包中，送李石德一个飞吻，脚步轻快地走了。

又过一刻钟，警察们按时上工。垃圾场中就真的只剩下一些垃圾。摆摊的纹丝不动，卖五欧一双的皮鞋、一欧一根的充电线、三欧一副的耳机。我请李石德稍等片刻，将耳机还价至两欧买下。我们先沿着一旁的直路走至毕荣（Biron）市场，李石德带领我穿过一排排铺子，时候太早，皆门户紧闭。终于，某个小道口左拐，一家小店卷帘门只拉起一半，内里亮着灯。我们弯腰而入，一个老头儿坐在摇椅上正喝咖啡，脚边放着只电丝暖气，见到李石德，颤颤巍巍站起来，也帮我们沏上两杯咖啡。李石德佯装看玻璃橱中的小首饰，我则找了个软椅坐一边。暖烘烘又昏暗的小屋子里，我直打瞌睡，忘了这位老先生姓甚名谁，进门时可是分明握了握手，自我介绍过一番的。果然，没一会儿，老头儿急不可耐问了，近日可有收获？李石德讲，某个远房亲戚过世，是母亲那边的一支，购得一些家具首饰，出手得差不多了，只留有两件精品。说罢，由呢子猎装内袋中取出物件儿，摆在写字桌上。他背对我站着，身子挺得很直，颇为潇洒。老头儿也拿一只放大镜看，指出章鱼的一只脚上少了一颗小海珠，本来应该二十颗每只脚的是不是？我不会数数，且待我再数一数。李石德耸耸肩，并不说话。看完数完，老头说一个数目，李石德加了几百，两人又凑近，取烟，点火，窃窃私语，讲了两个笑话，议论了共同的熟人，老头点头让步。李石德背部松快了，与老头说笑，您可是我最喜欢的 jeune homme（年轻人）呀。

天光下再看李石德，他脸上已有皱纹，不过他梳分头，娃娃脸，在不明不白的路桥底下，乍一眼亦像个年轻人。古董商的衣服总是暴露身份，虽搭配得颇为精细，但不知何处总有一种磨损感，外套袖口、纽扣扣眼、丝巾穗子、鸭舌帽边缘，都像是被搓摩（frotter）过的。一次我与卖日本玩意儿的弗朗兹聊天，他向我展示一只金工印笼，十分雅致，却又过于雅致，我兴趣缺缺，只记得他说有些人喜欢摩挲（frotter），然而，这种铁错金银的材质不太适合摩挲，会氧化落色。我想，磨损感便是由此而来，不过着力更多，只有天光下见得到。李石德请我吃早饭，我们已饮过薄荷茶，咖啡，便一人点一杯啤酒，分食一碟薯条。我问，那枚协兴通宝也是远方亲戚的遗产？李石德摇头讲，卖家还活着，住十六区，七十多岁，无法负担生活，故而以赌博形式出售住所，购房者预先支付房价四分之一，再每月付给他一定数字，他仍住原处，去世即过户。我说，有人赢过吗？李石德晃晃头，有的老人几个月就死了，有的更有斗志，活得比购房者还长。这位我看还能活，每天都喝杯啤酒呢。

5

一八八〇年时，一位哈默尔去暹罗担任代理领事，他身世平平，没什么传奇性，我能查到的论文中都没有过多记载。他运气似乎不是很好，不知是否因当地过于湿热，荷兰人水土不服，他刚抵达，长官便因病离职，领事的位子由他继任。之后他又待了七年，健康状况亦不佳，是身体上的，抑或更多是心灵上的？总之，这些论文或资料已帮我穷尽一手材料，我便大大方方偷起懒，享受些二手文献的乐趣，不过，自己的研究可绝对不能这么干。其实在图书馆中查阅任何与研究生涯不相干的信息，都会带来些许的自由。这下我终于理解，缘何汉学所图书馆中未销毁的图书卡片有如此大的误导性，或许称之为诱惑力更为恰当吧。但我也没超出界限太远，不至编造一些哈默尔没有说过的话，甚至他没有做过的事，借此理解这一枚粉红协兴通宝。因为我已去九区的某邮币卡拍卖公司打听过，柜上一位老头儿瞥了眼，对我讲，这类瓷币，不少人问，大多觉得是中国货，其实它是泰国十九世纪的赌博代币，虽然的确在广东烧制。最多值一欧到一欧半。我心想，果然李石德是个奸商（（c'est un sournois），卖我二十欧。瓷币上"协兴"可能是某一路潮州人在泰国设的公司，也可能是烧制瓷币的窑口。微微淡粉色，的确有些广东窑口的风格。我又翻一会儿论文，研究者提及，十九世纪泰国赌博，至今日仍有人津津乐道它的种种别名：ching tow、nim、fan、kok 或者 fan-tan，实际是一种豆子戏（thua 或称 po），不是我赌的那种，一张大花赌纸，摇骰子，押单个数、双个数、三个数、大、小、十一点。不过，十三区的泰国赌博（赌纸上印有泰文），也是潮州帮派发明的吗？我顺手再查 kok 到底何意，字典唯一解释指向泰国北部，缅甸东部的郭河，与赌博抑或北越牛肉粉都毫无关联，或是中文潮汕发音的转写。

那日，邮币卡公司的老头儿瞧我的眼神有些嘲弄，他一定是把我当作抱着赝品前来估值并大失所望的财迷了。我有个朋友，总在公共洗衣机吐出的零钱中寻觅图案特别的一两欧元硬币，互联网搜寻对比后，时不时觉得自己撞大运，发现了稀有硬币，但从不敢去九区验证，就是怕被这种坐在层层叠叠集邮册集币册后面的老头儿嘲笑，说他的硬币也不过只值其面值罢了。我揣摆他干脆花了请我喝咖啡，他也舍不得，便像我一般，收于一只塑料饭盒中。你看，捡垃圾的人并不只有我。此枚协兴通宝，虽不知如何分类，却也无须分类，就一股脑儿和那些各有年代的小珠子，包括 Idar-Oberstein 产品归置于一处好了。眼下，我正在 BNF 的半地下层，四座书形高楼包围着深深的中庭，像口井，井中长者数十棵极高的松树，树冠离井口尚有一段距离。半地下层在井底位置，坐在座位上，天空只是一块极为遥远的 Lok Lak，刮风下雨云层奔涌，它便也似随意抛下的骰子滚动起来，摇着混乱的雨丝。天好时，阳光由树冠处直直落下，中庭里的兔子探头探脑，旁观众人查书。我总想，这些兔子在这井底的方形界限中，倒是往更深的地下打洞了，它们会从哪儿出去，抑或从未出去过？

不多的描述皆显示这哈默尔是个好人儿，一八八七年，可能春夏时，海牙方面取消了他的职位，他只得返回荷兰。对于离职，他并未做更多申诉，甚至研究者们亦无提及他之后去了何处，有没有受命于其他殖民地的某个分部。他对我们的价值，无非作为瓷币信息的提供人与瓷币的捐赠者罢了。我讲他是个好人儿，大抵因他性格沉闷，且乐意行举手之劳。在一八八七年以前，他就（可能是受民俗博物馆馆长之托）捐赠了两箱当地物品，馆藏编号为432 与 504。巴达维亚协会问起瓷币的事，碰巧他在任上，一八八七年二月先寄回了些瓷币，对方便将他纳为通信会员。他愈发起劲地收集起来，哪想到几个月之后就丢了职位呢？通信会员的身份虽没那么重要，可转眼也成一场空。他去信给民俗博物馆馆长小小地抱怨了一下：外交部通知上写我写得可真好，又诚实又正直，兼有坚忍不拔的精神，果真这么好，调拨的经费为何如此之少？一直让我领着半薪也就罢了，现在连招呼也不提前打，便将位置摘了。民俗博物馆馆长有否安慰他几句，不得而知。他打包行李时并没忘了带上后期搜寻的更多"暹罗瓷币"，博物馆回复他，请您放心，已点查入库。这些瓷币，即是汉学家施古德一八九〇年的研究基础。

粉红色协兴通宝背后的"一人弋"蓝色字，对应四分之一斯朗格（slung，当地的重量单位）货币，不知赌徒当时有没有将它及时兑换成相应数值的金银铜币。另有位法国修道院院长希米连·舍维拉尔（Similien Chevillard），一八八九年时出版 *Siam et les Siamois*（《暹罗与暹罗人》），记叙暹罗的种种见闻，也提及了赌博代币。在他笔下，中国人才是奸人：彼时当地政府实行包税制，绝大部分由中国人承担，不仅控制农业与手工制造业，更有开设赌场、妓院，买卖鸦片、棕榈烈酒（arrak）的特权。每隔一段时间，他们就更换一套新瓷币。倘若没能立即兑现，赌徒手中积蓄则一夕间变为毫无价值的废币，修道院院长反问，然而，赌徒们能学到教训吗？我猜，极有可能哈默尔所收集的就是废币。况且他给巴达维亚协会回复中显示：一八七五年，也就是他展开调查的十年前，暹罗政府就想要收回货币发行权并直接征税，严禁赌场与瓷币流通。即使舍维拉尔说有屡禁不止或赌博形式发生改变的状况，一八七五年时，瓷币的流行也应已至尾声。

　　显然哈默尔对这些花花绿绿、形状各异的小东西产生了好奇心。蓝色、绿色、黄色、粉红色，至今日，我手上唯有的这一枚经过一百多年的磨损与磕碰，仍颇可爱：粉红与白对撞，釉色亦丰润，与市面上流通的大部分硬币差不多大小。哈默尔的小盒子中，放着近四百枚暹罗瓷币，一共一百四十多种，每种都收集了一对儿甚至更多。其中一些刻画有小动物的图案：狮子、老虎、孔雀、嘴里叼着月亮的小白兔、鲤鱼。好人儿哈默尔的职业生涯有些失败，他时而失眠，时而沮丧，大部分时候失眠与沮丧同时来到了，就写些遥远的抱怨的信。他是否也会摩挲它们？摩挲这些瓷币有否给他一点安慰？巴达维亚协会的记录中写道：吸纳他为通讯会员，因他对瓷币保有持续的兴趣。

6

　　我不太乐意傍晚时乘坐地铁。下班高峰期，冬天车窗上一层水雾，抵达一站两分钟后又出发，轮子与铁轨撞击声尤其锐利，老式车厢快散架似的，带着挤靠着的人，头顶白光在每张脸上投下影子，那些半闭着的眼，偶尔抵住又偶尔张开的嘴，加之靠得极近呼吸，在光影中凝结于一处，形成难以区分的块状肉体。黑黢黢隧道里，信号灯一闪而过，红灯亮了，车卡在中途，是为了给另外一条隧道中的另班车让路。终于到站，走上地面时又落雨，这种程度的雨还不需要打伞，拐进一条安静的小道，果然李石德也就这样站在雨中，看来颇等了一会儿，头发已湿了。他今天没有戴帽子，着深色呢料西装一套，鞋子上油打理过，一见到我，便熟练地由身旁某个花盆中掏出枚钥匙，领我进入面前的这栋私邸。穿过小小的花园，我问，又有人死了？李石德没作声，在小喷水池处找到第二把钥匙，打开屋门。玄关处放有一只用来放雨伞与手杖的青花大瓶，李石德对我说，咱们从这件看起吧。我蹲下来又问，这是遗产估值？李石德说，你估多少。我向后伸手，紫光灯。他递紫光灯。我先将瓷器底部看过，确定是创汇产品，无须再打开紫光灯，便站起来摇摇头。突然间，客厅里不知有什么动静，我二人皆吓了一跳，原来是窗户未关，一只长毛白猫由花园跳入，它在一座高几上坐定，静静凝视李石德，两只眼一黄一绿，在暗处反射出玻璃球光。李石德直起身，亦望向它，几十秒后，猫扭头跳下，白色一闪，消失了。又片刻，我才意识到，刚刚进门时并未开灯，我是在傍晚城市特有的云层折光中完成的鉴定。李石德这才拧亮一盏落地灯，客厅展示架上有一只日本铜花瓶、一对晚清的蓝釉狮子、一些我不懂的欧洲玻璃瓶。壁炉那头的大屏风是八十年代越南制造的，螺钿镶嵌得虽十分精细，不过，离真正的艺术品尚有一段距离。

我们走楼梯至第二层，这次书房门没有上锁，一面墙书架中装满了写有日期或姓名的文件夹，玻璃矮橱中有一些牛皮书脊的老式书，可能是珍稀本。壁炉边的铁柄鼓风器与拨火钎是十九世纪制作，应是前几日突然降温时刚使用过，炉灰还是新的。有些家具的胡桃木面板重新打磨上漆了，有些则特地保留原来氧化层，这超出我的鉴定范围，李石德了解更多。一处大理石面的台子上摆有大小不一的埃及或罗马琉璃器，一些非洲风格的木像站在房间的某一角，集体面向书桌。两只大粉彩瓶中插有孔雀翎，应是 Tajan 之类拍行的战利品。墙壁上除了一些我认不出的黑白方块或线条的现代画，还有一整套印度民族服装、几套镶嵌珊瑚的西藏银饰、日本雪舟款的版画。这间屋子像一张花花绿绿的纸，让人不知道押在哪里是好。窗外塞纳河泛起鳞片微光，一艘满载游客的大船缓缓经过，船顶的一些人向岸边招手；晚间拥堵，车河亦缓缓流转。隔音很好，他们都像在演一出很远的默剧。正当我目光游移时，楼下有人开门进入，李石德有点出乎意料，他用手挠挠鬓角，我们一起下楼。

一位保姆模样的妇人领着两个男小囡进来。李石德说此间主人托他取份文件，但很不凑巧，可能是指示不明确，没能找到文件。叨扰叨扰，这就离开。妇人颇为狐疑，小囡倒很有礼貌，围过去叫他艾天叔叔。李石德摸摸他们的头，敷衍上几分钟。我们道别离开。

李石德建议搭地铁四号线往北至圣丹尼门，这小凯旋门是一座界碑，天没黑时，总是布满了灰色的城市鸽，许多流浪汉乞讨，时常有舞火球的人表演。穿过它，就像是穿过往北边的一条线。一侧是酒吧，素食主义者的有机食品快餐；另一侧罗姆人云集，清真肉店水果店叫卖着，两三条破败的拱廊街对面有家中国裁缝铺子。李石德讲过，波波（les Bobos）最爱此种混杂的街区。我们去拱廊街里面的便宜印度馆子里吃晚饭，十一欧的套餐中包含咖喱鸡或咖喱山羊肉、米饭、印度腌菜、椰丝点心（十三区批发加热）。刚刚看了许多物品，难免肚子饿，便一人又要一份奶酪馕，李石德喝杯芒果拉西，我点杯香料奶茶。我对李石德说，全巴黎只有印度人烧山羊肉。他表示从来没想过这个问题，但一想的确如此，搞不好印度人租了牧场，养了好大一群这种顶着两只长角，肉又老脾气又偏的动物。山羊肉很硬，煮久了更咬不动，咖喱味却足，我们以馕蘸食之。李石德没有解释关于这家私邸的主人，只是吃到椰丝点心时，他突然提及书房烈酒柜上的几个汉代俑人，询问价值几何。我如实答曰，旅行纪念品。

　　拱廊街两头皆通，光线昏暗，大部分门市早已破败封闭，钉上木条，仅有的两家印度馆子正在抢生意，一些不明所以的游人走进来，探头探脑一阵子，被夸张热情的招揽声弄得有些犹疑。往北至巴黎北火车站附近有更多的印度馆子，好比十三区是中国城，那儿是纯粹的印度街区，可游人最远也就只会在界碑附近用餐。抬头望，铸铁建筑构件有些新刷了绿漆，有些仍是黝黑而挂满灰尘的。顶部玻璃碎裂了几片，突突吹入冷风，然而煤气灯一旦点起，幽蓝的火焰跃动发出嘶嘶的燃烧声，这一切就似新的，即使桌边坐着零散的几个人，手肘支在同样肮脏的红色桌布上，吃着铁盘子中的糊状咖喱，气氛毕竟是热闹起来了。我想，由附近楼上看下来，这一截罩在玻璃里的片段是模糊水气中旧时代的光亮。可我无从瞧见，只能想到两分钟一次带走人群的地铁，一瞬即过的贴满瓷砖的隧道。

7

不下雨时，在某一条石子小路的尽头，两边十九世纪建筑挤压得极窄的天空中，偶尔能望见一牙儿新月，或一轮满月，人只记得住这两种月亮，它们也变得似总挂在那里，宣称着更纵深、更遥远处，云层泛起浅红色的帷幕，穿行在各个巷弄，以为总有个角度伸手即可轻易摘到，它忽地变为灵巧却又单纯的东西。李石德说，这才是人在此地的感觉。一会儿无所不能，一会儿又一抬头像是被漫不经心地嘲弄了般，我也抬头，这天是月牙儿。我说，十三区的高楼间很少能看得到时间通道。不过越南诗人阮忠山写过一本诗集，叫《时间树》。李石德一向对此类异域风情的事物感兴趣，立刻问，里头都是些什么样的诗。我耸耸肩，早就丢了。我从不收集旧书。他又问，阮忠山是个什么样的人。我答，越南人，他是阮忠咖啡的创始人，阮忠咖啡又叫 G7 咖啡，与巴黎出租车公司 G7 同名。李石德亦耸耸肩。我二人正经由塞纳河路走到河边，路过戴克成（Christian Deydier）的古董店。他突然想到什么，说，上次那家的主人说几个汉代俑人正是在戴处购得。

那又如何？我只是暂时地与李石德联手。鉴定估值小队，姑且可以这么看，短信联络，其余一概不多问。他每隔一两周就传来消息，告知会合地点，有时他有些收获，就请我吃饭，大部分时候一无所获，那也没所谓，结束了找一处垫垫肚子，喝杯冷酒。他很爱点香肠肝酱拼盘，其中有一小块黄油、几根酸黄瓜，可无限多地要面包，直到吃饱为止。他总先吃了那黄油，细细涂抹在一块面包上——这是正餐，他有滋有味地讲，然后才开始喝酒，一杯即停。那会儿多半也是吃晚饭的时候，只有老人才真的在街口咖啡馆吃正餐，年轻人只喝一杯，傍晚打折欢乐时光买一赠一。游客和出差的人更爱灯火通明的海鲜店，红色绒布沙发，大理石地面，黄铜扶手梯转入地下是男女洗手间，侍者们仍穿着白衬衫黑色马甲，白色围裙紧紧系在腰上，端来一个大托盘，冰块上放八个虾、六个海螺、半个或一个螃蟹、半个或一个龙虾、三只一号生蚝、三只四号生蚝。我们从不吃这样的饭。

李石德观察吃饭的老人们，他们的奥地利式西装，象牙装饰的手杖，老式机械手表（或许是瓦尔柱机芯），塞在耳中的最新款助听器。即便是服务生着白衬衫黑马甲的老派餐，也都上预制菜，半成品拆封，微波炉中加热，但盘子仍须是滚烫的，上菜仍要提醒小心烫手。老人们展开雪白餐巾铺于膝盖，眼睛望向街道车河中的不知哪一个点，嘴巴动起来了。李石德饶有兴致地看着，告诉我这位每周二四都要在这家，周三周五换到对面那家；那位总得点一杯红酒，不能吃甜点；还有一位拖辆小车，车里有两只红蓝相间的可爱氧气罐，呼哧呼哧边吸氧边吃；又一位气管开个洞，但每次都要抽烟。老人包围我们！我问，他们都有遗产？你会走上前询问他们是否估值吗？李石德说不用，下一次他便在沽清地窖活动的那条街道（一定要在富人区）竖起牌子来，上面写着：现金买断手表首饰银器艺术品家具乐器。他站在寒风中，嘱我届时从对街咖啡馆外带杯咖啡。我便先隔窗观察，有几位老人前来与他交谈，李石德舌灿莲花，说服他们不要将东西交给小拍卖行。他会上门鉴定取货甚至打扫——最后现场干净得只有现金，干干净净落袋为安。

　　别忘了地窖。最角落处总有几瓶老酒，旧橱柜直接捐给善堂义卖就好，可拉开抽屉，或许内壁上贴着几枚稀有硬币，更有装着假珠宝（faux bijoux）的首饰盒子，哪怕是塑料材质的吊坠也可能因为是少见的造型而价值上千欧。李石德开辆旧面包车，车腹中的椅子都卸去了，只留前排三个座位。拉开车门，一整排拆解工具。大到铸铁壁炉，小到黄铜配件，他都能快速拆分，好比一个肉铺伙计，将一头整牛解开，码得整整齐齐，舌头内脏煮烂加明胶凝成大方块，这牛天生就是方形的。我和李石德走在威尔逊大街上，马路宽阔，奥斯曼建筑方正肃穆，临街的基本是律所牙医诊所心理医生咨询室。地下半层露出地表，虽被铸铁窗棂封住了，仍冒出一股子冷气，扑于鞋面。李石德说，我知你在找什么，抬脚指了指，喏，就藏在这里面。不过今日一无所获，我二人刚从地窖上来。屋主显然对李石德产生了些怀疑，他并非子承父业，是个单打独斗的野路子，即便能说一口彬彬有礼的法语，也还是被听出了轻微的外国口音，或许是东方风味。阿尔巴尼亚人？屋主问，又指着我说，你倒是毫无疑问的亚洲裔。

可不？我就是来给亚洲艺术品估值的。——我说道。李石德拽拽我，示意不便多嘴。由旋转楼梯上去罢。门厅中铺满大理石，大理石上又有张波斯地毯，暖气打得很足，两张大镜子面对面，照出我，李石德，屋主三人的脸，一个短髭修剪过，一个戴着鸭舌帽，一个是我自己，皱着眉，头发乱七八糟，球鞋，外套口袋中插着地铁口随便接到但还没有来得及丢的广告传单。走出去一段路，李石德讲，有些人情愿将东西一趟趟提去卖给本街区的小古玩店，也不愿卖给我们。货寻买家嘛。他不知从哪里翻来一支皮特森的直斗，上面还装着小小金属防风帽，划了根火柴，慢条斯理地抽起来，李石德最大的优点就是做什么都特别像，总之我是听不出他的口音，他抽烟斗也很有番样子，吸气，吐气，都恰好卡在漫步的间隔，甚至我们还能聊天，一直抽到最后几口，中途都没有熄灭过。烟丝在烟斗底部燃烧时最有意思，即使人群里，也能听见嘶嘶的火焰声。我虽不喜欢威尔逊大街，这时却感到它可爱。我们路经数个牙医诊所，远东学院，喝了一杯很贵的咖啡，最后又转到吉美博物馆。我说，我想去探望老相识，世界上仅存三只的其中之一，霁蓝龙瓶，它在一个角落中，这儿没人晓得它有名，都赶着去看日本玩意儿，之后再回到远东学院查蒂埃里（Thierry）关于暹罗瓷币的论文。我们便在街角道别。

8

一九七六年，戴克成刚二十六岁，在远东学院出版了有关当时已有甲骨文研究的概要，之后没再继续研究生涯，反而拜莫罗−戈巴尔（Moreau-Gobard）为师，正式启动他的古玩事业。两年后，他又写出一本中国古代青铜器专著，这书我读过，可谓是，怎么说呢，不太严谨，或许只是我见识短浅。不过想象一下：一九七八年时，欧洲此类书籍应不算太多。小戴抓住机会，去伦敦开了自己的古玩店，自此一路顺风顺水，希拉克是他的客户之一，香港亦有许多老朋友，至少在他自印的古董画册中，许多物品来自中环荷里活道的老牌铺子。如此一对比，我的鉴定估值伙伴李石德身世不算好，他既无学院背景，也攀不到像莫罗-戈巴尔这样战后就在巴黎经营古董的家族，虽然他会用一两个朋友的名字将搜集来的几件东不东西不西的艺术品送上德鲁奥（Drouot）的小拍场碰碰运气，但由于货本身平平而战绩不佳，没什么好抱怨的。至二〇一四年，大D（香港人都这么称呼他）早已是一个国际知名的古玩商了，身兼巴黎亚洲艺术双年展策划人，或许碰到税务问题或者欧洲不太景气，又跑去香港张罗了些展会。以上无甚可谈，重点是，信息表明，哪怕二〇一四年，巴黎的地窖中也仍遗留着些意想不到的机遇。

关于伯氏壶的法文递藏信息极少，中文论文有一两篇提及，语气好似侦探小说。所谓伯氏壶，是因伯希和旧藏而得名。此鸟篆壶目前初断为汉，戴克成在河左岸的古董店开展览时，我凑热闹瞧过。那时我并不认识李石德，不然必定要拉他去看，因为这可能是本世纪至目前为止巴黎地窖中的最大发现了。中文论文和一些记载称，伯希和有位十分爱钱的俄国太太，丈夫去世后，她总零零碎碎地将其手稿或收藏出售给相熟的古董商、遗产清理人与掮客，从不捐给博物馆或图书馆。故而人们时不时能看到大小拍卖上出现"伯希和旧藏",某次甚至还有两件龙袍。新屋书店（Maisonneuve）以出版东方学和哥伦布前的美洲研究为主，经数次搬迁与遗产争夺，最后开在了索邦广场，就在哲学书铺子吾汉书店（Vrin）的正对面，营业得漫不经心，中午十二点到三点是漫长的午餐休息时间。他们印书也卖书，书的封皮极单调，仍保留着老派的简装大开本的习惯，纸很厚，需要自己用裁纸刀裁开才能翻页。我上一次去还是为了打听是否有 Idar-Oberstein 与西藏相关的研究，哪怕涉及一丁点儿二十世纪的亚洲订单也行。店员表示从未听说。店里还是十多年前的样子，橱窗中摆着最新出版物（除了图书馆购藏，实际销量不会超过一百本），一进门左手边立着很高的木柜台，后面书架上堆满大大小小的册子，或许有个顾客在转悠，但多半是被陈旧装修，昏暗的灯光、异域风情的书名吸引来的。我第一次也就是这般走进去，觉得书堆中藏着世界边角料的秘密，不过现在想来，或许是被某种亲缘性驱使。李石德讲，要我跟他一起估值，原因正在此。人的眼睛总落在他最熟悉的地方，在复杂图景中一下子就找到相关之物，哪怕仅有一个线条是东方的，哪怕它完完全全是伪造的。我以为他言之成理，便问，你第一眼看到什么？李石德当时谈妥收购十七区某户中所有的家具，颇有点得意，他回答曰，离去的倾向。

戴克成接受采访时说，新屋书店清理地窖杂物，发现两只写有编号与"M.Pelliot"字样的箱子，便转卖给他。其中一只塞满手稿，另一只中即是此汉代的鸟篆壶。不知何故，戴氏语焉不详，或许新屋以为两箱都是手稿？作为专类出版商与书店，拥有东方学家的手稿也算合理。我对箱中原先便装有鸟篆壶这件事持怀疑态度。中文论文提及，鸟篆壶在二十世纪三十年代已经清理修复，所使用的是一种彼时欧洲特有的红色胶漆，或可作旁证。这条信息是否也由戴克成本人提供？李石德开玩笑地摊摊手，不必多想。这至少给我们一些信心：无论事实如何，都有可能找到一点蛛丝马迹，哪怕仅仅是写有名字的箱子也好。

9

巴黎入冬后，鸟皆为黑色，不论种类与数量，它们落下是漆的剪影，多出来的枝条。待到飞起时，又像树的一部分向天空抛掷。冷风里满是旋转的小木棍。倘若经过河边，会看到木棍的螺旋气流，最终插在教堂顶端，或消失在塞纳河的灰色水波中。河边总有流浪者和醉汉，也有人在冷风中吃三明治，盯住不明所以的流动。城市中的咖啡馆从清晨到深夜一直亮灯，这天色亦使人无法分辨时间。我和李石德算是享乐派，守着咖啡座的暖灯喝起冷酒了。有时我也不明白，为何咖啡座总是满座，可能是坐下喝一杯成了习惯动作。我们坐在椅子上喝，那些天天去的人都坐在吧台上，便宜个一欧两欧。德鲁奥咖啡馆的吧台是我喜欢的金色不锈钢材质，许多掮客穿起皮夹克，一天到晚坐着消磨时间，手肘那儿磨得尤其光亮。对面二楼贴出牌子，写着蓝色大字"免费鉴定"，李石德撇撇嘴，机构的可恶之处就在于将一切都变成大市场，公开叫卖。我倒觉得还好，差别在于公开与私下。私下交易会让买卖双方皆自觉与众不同，此谓环节秘密化。李石德问，秘密？周围聚了更多人，正巧赶上一场拍卖结束，嘈杂得很。我不得不提高音量：所谓秘密，是我们能控制的唯一环节，就是悄悄地，以耳语的方式告知此为何物，为何出现于此，算是一种知识的私授。不过，知识也不过是定价方式罢了。每一步都为了加价。故而公开没多大问题，倒是"免费鉴定"太见鬼。李石德咯咯直笑，此人喜欢说价值而非价格。他新近通过了某个行业协会的测试，名片上多了个头衔：鉴定专家。

我们坐着一阵好等，总算R先生挺着肚子来了，他戴一副金丝眼镜，李石德提前介绍过，是银行中人。R先生见了我，也伸出手来与我握了握，他的手指又粗又短，食指上紧紧箍着结婚戒指。我们结了酒账，一道上他家瞧货。R先生看起来还算健康，只是，按他自己的话来说，吃了太多正餐后的奶酪拼盘，而每一种奶酪都可以再多喝杯葡萄酒，就这么发胖了。他的红脸有种婴儿的润泽，后脑勺上仅有一些柔软的白绒，嘴上很光滑，一路上不停地抱怨拍行规矩，说拍得物品有时也不能立刻付款拿走，要等公司清点，隔上一天才能去库房领取。李石德说，都怪拍行太小，一次拍太多，简直是仓库大杂烩，连老太太婴儿时睡过的小木床都放上去拍。还有盏中国风大灯台，不知什么时候撞碎了一块。灯台是什么时代的瓷瓶？——他转向我。我立即答，雍正民窑。R先生点点头，又讲，现在他也不喜欢这些灯台啦；龙钩改装成镜子柄啦，都不是真正的艺术品。李石德称是，收藏家时不时改换口味，不见得专收一种风格，总之达成统一的审美就得。巴黎的交通真坏，这天聊得颇久，好在终于到了。

R的客厅一角摆着两套完整的日本盔甲，保持着坐姿。壁炉边设一只刻有"某某友好"的大铜火盆，但并未配置铁架，亦无龙文堂之类的铁壶，可能是用来抽日本一口香烟锅（kiseru）的。太太孩子周末去外省度假，他显得尤其自在，让我们随便坐，先开一瓶白酒，吃了些果仁儿，又开一瓶红酒，吃了些香肠。最后给自己和我们各倒了一小杯烈酒，舔舔嘴唇说，好格瓦多斯最解酒。囫囵吃喝了一肚子，还什么都没细瞧呢。我转头瞥一眼李石德，他捏起茶几上的一只金工烟盒，抽出根老式火柴，缓缓转动着，又插了回去，随后在衣袋里翻出打火机，点烟，并不着急说话，似乎正在等着格瓦多斯行遍全身，产生效力。我从没见过对小玩意儿这么着迷的中年男人，餐桌上，茶几上，烈酒柜上，橱窗里都摆满了各式各样的烟盒、名片盒、火柴盒、小印章。他捧来数个大漆盘，里头是刀锷（tsuba）。有时他分不清楚哪些中国造，哪些日本造，单纯觉得新奇好玩，兴趣点时刻转移着。与绝大部分巴黎人一样，他首先接受的是日本艺术品，收集了许多根付与印笼，后来又着迷于茶道，果然柜子里数十个带题签老木盒，尽装着些日本人在大正时期收藏的茶碗与茶粉罐，其中有一只为洪塘窑，他却不知。这些都可以拍卖掉——主人又显出婴儿相，讨厌起玩具来。我问有没有西藏或者印度藏品。R拍拍光着的脑袋，摸出一串很大的珊瑚与蜜蜡，居然还翻到整套南亚皮影戏道具。我们对着光，一起玩了一会儿哇扬（影子），再喝几杯各地甜酒，已至深夜。

　　或许乏得很了，出来时李石德边走边揉额角，凌晨的拉斯帕伊大街显得整洁明净，地铁口的咖啡馆刚打烊，煤气灯灭，服务生正在把露天座上的藤编椅子堆叠在一起，锁上铁链，三五个人道别着，笑闹声很大，他们跑到街的那一边拦出租车。我二人一路散步，并未交谈，一晚上过去，已说了太多废话，此时静悄悄，只有脚步与呼吸清晰可闻，噢，不，在几条街外的某处，有辆救护车在鸣笛，并不急切，那声音里有点百无聊赖，像酒鬼直哼哼，只要你听过，必然会心一笑。不一会儿，我们走至墓地围墙，几座法国家族的雕花墓室露出墙头一小半儿，可也都没犹太人的墓碑厉害，高高的石头上架着一颗五芒星，悬在天上似的。我默默想着为何 Idar-Oberstein 珠从未在这些人的抽屉中出现过？哪怕他们搜尽各地林林总总吸引眼球、讨人欢心，甚至略有些可怖的、令人不快的玩意儿。抬眼，一个黑影唱着歌，歪歪斜斜地靠近我们，这歌李石德也会，他忍不住开口应和了几段，黑影嘿嘿一笑，到了面前，突然转身面对墙壁，拉开裤子撒起尿来，原来是个酒醉的流浪汉，那颗星恰好在他头顶。

一直到冬天结束我都没有再和李石德碰过头，可能转卖 R 先生的收藏让他下一年都不必工作，不必再寻找那些需要清空的宅邸，也不必再和老太太们甜言蜜语，甚至德鲁奥附近也没了他的身影，之前经常能瞧见他在吧台与别的掮客们聊天，其实他们算是竞争对手，偶尔也会联手，毕竟很难一次性就将人一辈子的所有相关物件全数买入，况且，他那辆小面包车也载不下那许多，除非是珠子与钱币的收藏家们，几千枚只需要三四个木箱罢了。观看完流浪汉撒尿（甚至李石德还吹着口哨像在鼓励），我们挥手作别，地铁早已停运，我坐上一班夜车，不管它具体到哪儿，总归先往十三区方向走。十三区与十四区相邻，车只开了一会儿，街景就变了。我下车步行二十多分钟，走至高楼阴影处，忽然一阵高楼风席卷着垃圾和纸片而来，灌进脖子里，蓦地一凉，让人格外振奋，也同时清醒地体会到极微的失望。然而，失望并非具体的，譬如没有找到任何线索，诸如此类，并不紧要。我的研究生涯中，大部分的事物皆是中途断了线索，不再继续。最近汉学所的图书馆管理员也觉察到了这点，她对每一个人（也就这么几十个人）的借阅情况了若指掌，还负责登记购买我们需要的最新书目。她知道，我太经常变换主题，每一次都借完全不相干的书，这可不能怪作废的档案卡。管理员大抵温柔，虽时不时饶舌亦从不掩饰。上周在前台，她抬头望向某处，轻轻地说，不急，时间还多着呢？——是在对着我讲话吗？我回头，身后没有别人。也许她正在朝向门口玻璃橱中两尊造像说：时间还多着呢，不必清理这两三百年的香火油灰。可这失望又是什么？我闭上眼，振奋感消退，想要立刻回到公寓，躺在客厅沙发上好好睡上一觉。

天珠传奇

1

　　长的、方的、伸至街心、悬置半空的招牌中，世界被各种边缘切割，每个断面明确提示着：外科跌打、牙医、商行、陈李陆律师所，甚至巴士站指示牌也在划分更远处人眼见不到的方向与地点。台北街道的招牌多为黄底红字，夏季炽烈的阳光中更显喧嚣。左侧小路口的寿衣店摆满金黄菊花。花圈贴了条条挽联，并不能安抚抖动的空气。黑字爬动的蝉般鸣叫了，与招牌上的仅有大小之分，属于同种略为肥硕的楷体，据传是由某名军官出身的教员所创，他潜心书法多年，给老长官写挽联出了名，普及出一套商用标准字。

　　××商旅蓝白牌子字体为毫无特点的仿宋，显得清凉。这条街有不止一家小旅店。游客们喜欢条通，下午四五点天色亮得刺眼，可一旦霓虹灯亮了，便有入夜的滋味，入夜小风活泛，人挤至街面，百元热炒、炭烤、小酒馆、推着玻璃盒子的小食摊坐得满满当当，吃吃这处，看看那处，唱卡拉OK，打发时间再好不过。——我只是听人这么说，眼下离入夜还早得很，层层叠叠断面间，××商旅像接续下一小片天空的蓝色，于是决定住在此间。其实住哪家都没差。

入住前为诸位做个前情提要。至今日，李石德已消失大半年，大大小小的拍卖行都见不到他的身影，唯有巴黎专家协会（巴黎至少有三个专家协会）论坛上的一条发言接近他的语气，提及勒阿弗尔的小型拍卖会上以六十万欧元成交的乾隆官窑瓷器，颇有些微妙，如下：

"我等估值六千的瓷器溢价百倍成交！"

尚不论他何时成了亚洲艺术品鉴定家，这件瓷器是否由他清理遗产后转拍亦无从得知。我二人的合作告一段落，他不来找我，我自不必主动找他。只不过偶尔我见到某个咖啡馆露天座位上有类似他打扮神态的人会多看几眼，毕竟那种由喋喋不休中忽而失落的模样给我留下极深的印象，瞬间又会照见自己，便盯住袖口看织料中脱出的一根线由磨损的边缘垂落。继续无纸人身份闲逛了一阵子以后，有个机会可让我证明自己留得够久，得一边角处容身或许对这社会并无有害之处，我遂拜托凯琳与弗朗兹写了份声明，宣称他们的文化事业（旧货生意）多少得到一些我的知识支持，居然顺利通过。不过，审查时间也是够久，甚至在此期间汉学所图书馆装修搬迁，两尊金铜佛像亦被收入库房，当然仍未清理油灰，只用泡沫塑料纸包裹几层放入木盒保存罢了。我半开玩笑地说，此种佛像在拍卖市场中或许价值不菲，大家也仅是耸耸肩，认为我就是对诸如此类的事情太感兴趣才总写不完论文。

无纸人只能搭载私人交通工具穿越国境，我试过几次，均未被抓。又，我仍坚持查验邮箱，无印度人回信。

身份纸拖延之故，夏初的曼谷珠宝展销会错过了。自巴士底大集停办，大家更腻味起巴黎毫无冒险性的生活，旺夫市场与北边市场逐步变成了纪念品天堂：地摊上全是老明信片、几十年的小首饰、纽扣、铁钥匙这类不值钱的玩意儿；室内高级铺子里则摆放着设计家签名的家具，例如一些像从宇宙飞船里拆下来的转椅。半道一个美丽城人拍拍我肩膀，说看脸应是同胞，托我为那群买了大件家伙的美国人做个翻译，原来他已垄断北边物流，专做艺术品运输。说了片刻，他询问自国内贩些工艺品的事。我答，旺夫市场路口第一个摊就是卖工艺品的，景点淘汰货，连创汇库存都还算不上，可是你的朋友？他羡慕得连连摇头，原来早有人占了先！凯琳呢，则与我绘声绘色唠叨东南亚，相较下，游客、工艺品、乏味的行货尤显得无聊。不过，我知凯琳其实没去过东南亚，她的珠子都来自非洲，大航海之后的最大玻璃珠倾销地，再以后则是生产地。她过手雪弗莱珠，非洲贸易珠（Africa trade beads）有名的一类，口里说着这类珠十分罪恶，可毕竟一粒可卖八百欧呢。同理，凯琳面上虽有一种抱怨着巴黎的神色，实际东南亚对她而言，或许只是一个更大的十三区罢了。无论怎么乏味，她还是喜孜孜卖起了日韩女孩喜欢的小别针，就算时出摊时不出摊，仍颇有赚头。好不容易遇上，我问她可否有个固定的上班表，她扮演老神婆，半翻眼看着天，凭灵感，灵感来了就来。那天我替她看了一会儿摊，做成几笔小生意，讲到居留，她撇撇嘴，移民局倒是没向她进一步询问状况，不然她还有不少好话可讲呢。她显得很遗憾。

忽地人群静了几秒，旧货贩子中有几个老油条心照似的笑了笑，却又兀自低头忙起摊子上的事，动动这件灯台，又挪挪那条带穗子的旧丝巾。凯琳灰蓝色大眼里也有了些调皮的神采，她头上系了条类似于抹额的头布，项上套有四层不同颜色大小的贸易珠链子，打扮成十九世纪好奇心主义的妇人，胆大又玩味地指了指不远处，看，德纳芙又来了。我只在几十年前的老电影里瞧过德纳芙，一时辨认不出，见那人身着皮衣皮裤，一路走着已抽了三根烟，她的小男友（凯琳补充的信息）跟从其后。大家低头不过是为保有所谓古董商不在乎的气度罢，实则很愿意她停下相中什么，瞧他们的耳朵都转向来着的脚步了。凯琳留神听了一耳朵，笑道，德纳芙来给她的新城堡寻一只猫脚浴缸，要全珐琅的。噢，人客来，新鲜事儿才来。是也不是？我心下遗憾，若李石德在，他必然要说刚去世的某个亲戚家正好有一只，下午即可拆出。

德纳芙走过去好久，众人仍在议论的余味中，凯琳又拍拍我，让我一定要去东南亚——为这客户带来的新的冒险热情，去碰碰运气吧。

说是冒险，也不尽然。探求 Idar-Oberstein 某一批珠子的想法愈发淡去，仅仅偶尔跳出来，也说不好到底是为了什么。托马讲过，灵活使用搜索引擎便能在网上找到相当数量的珠子收集者，或称为珠子猎人更为恰当，几十年前，他们就创了专门的名字用来命名值得玩味的珠子，曰"collectible beads"，最有名的入门书籍由一位亚洲人罗拔刘（Robert Liu）所著。他们的乐趣在于寻出珠子的 ID，时不时在专门论坛答疑解难。我收集到不少 Idar 其他种类的珠子的信息，也见过罗拔刘线上现身。观察一年有余，发现其中几人有些威望，比如吉米阿兰，美国托马斯，罗拔刘，等等（有一位名字超长的嬉皮士），这几位几乎每年都于图森市相会，偶至曼谷。我自已垃圾小盒里的物什除了 Idar-Oberstein 的仿制品，其余均已揭秘。协兴通宝，仅是上千种泰国赌博代币中的一枚，当然，你也可以称它为一种珠；另有些印度河谷珠或大夏珠亦为泛泛之辈，打磨颇光洁的几粒，又可当货币用，即使碰到哪个新鲜感未过的初阶收藏者就能换不少现金——他们还处于不停讯问珠子 ID 的时期，连奶奶辈缀毛衣的亚克力米粒珠也要拍照上传至论坛。偶尔他们也能在地窖的玩具盒里翻到一百年前的德国弹子球，十分稀有——这便是珠子的世界，我介绍得不算充分，因为它对我而言，泛泛而未知，具象又乏味。

推门走入 ×× 商旅，前台正拖着门厅内的瓷砖地，不太情愿放下拖把。他很清楚每间的住宿情况，告知二楼拐角靠机房处的一间刚有人退住，还未腾得出手清理，前台与服务员只得他一人。我在他刚拖好的地上留下两只灰色脚印，有些过意不去，不过，还是忍不住讯问是否有淋浴处。果然，这类老式旅社都设有供客人临时使用的浴室与洗手间。他引我至一扇小门，打开门，变出一间仅能转身的淋浴房，角落还悬着另条拖把。我将背包拴在门把手上，嘴里咬着牙刷，痛痛快快地洗了个澡。经过三年有余，终于摆脱无纸人的身份，走出十三区了，虽然中文招牌切割出的世界里也似乎笼着那里的影子：旺兴金边粿条、中文"麦当劳"三个大字、第一商场……忽然地，水流变化，水温半冷不热，我洗去头发上的泡沫，勉强睁开眼，辨别了好几秒钟：淋浴房在一楼走廊，夹在两个双人房之间，有人在隔壁打开电视，有人路过走廊，听到水响，脚步留住几秒。

房间仍未备好，前台照旧一遍遍拖着瓷砖地。我打听哪儿可洗衣服，他略有不耐。他如此这般横着走几格转过去反方向再走几格所拖好的地又被我踩出灰色的脚印。得知沿街一直走左转入小巷口便有洗衣房，我便连忙离开了。

2

诗人阮有请曾写过北越山区的雪，收录在其诗集《时间树》中。"山怀有千百种矿石 / 我却未能寻够一餐之野菜"。这篇题为《冬日信》，雪薄薄地铺于竹席，天一亮，芦苇则隐入其中。墨水晕染成团团痕迹，鸡鸣得也懒，食毕早餐，有请以暗红残火烤钢笔，夜间冻住的墨水化开，漏下一大滴。诗人说，就这么给你写着信，同志走了，幻听到马蹄响，觉得你来了。——在洗衣机房的轰隆声中，随手翻到这一页。不由想到赌友阮忠山，他递给我诗集时带有种无所谓的态度，让人觉得要么他是作者本人，要么他从垃圾堆里捡得这本书，罗姆人和斯里兰卡人从不会捡书。我倒情愿将有请（或许是笔名）想成他，一个背着手在巴黎冬天赌骰子的人，着灰色夹克，饮杯免费威士忌后忍不住多说几句话。眼下，狭小的洗衣房内，台北燠热潮湿的空气被几台烘干机烤得极干，又与空调冷气对撞，肉眼可见数条褶皱，外头是条小街，亦扭曲变形如蛇蜕。斜对面楼上正避开行人浇花，水滴滴答答落下；再过去，水果铺子排排摆放爱文芒果、奶油释迦、金钻凤梨。推开门，诗中意象全数消退了，湿乎乎甜腻腻的水果香涌入，凯琳和里加口中的东南亚就在傍晚的条通。今晚，我正是要和里加碰头，他也是网站论坛里的珠子猎人之一。

里加对"珠友联盟"（beadcollectors.net）做过几分旁的贡献，比如，整理翻译了吉尔吉特一些游吟诗人的作品，大多为乌尔都语短诗，里加转为英文后，阅读者仍寥寥。我曾打印了贴在东方语言学院乌尔都语系的公告板上，有意询问成诗的年代，同学们都讲未听说过这些游吟诗人。可我的巴基斯坦朋友安娃阿里说诗歌是一直存在的。他是白沙瓦人，常伙同兄弟们（职业盗挖者）在吉尔吉特的峡谷里用金属探测器扫遗址，如果出现金属碎片或者货币，就一直往下挖，数月间可颇得些古代玛瑙珠，他们穿半长衬衫与长衬裤，方便干活儿，天气冷添一件坎肩，很少戴当地人的奇特拉里帽（又称煎饼帽），觉得土气。倘若扫不到金属，挖不到珠子，安娃阿里便在峡谷中钓鱼，得空与我聊起天（脸书对话框）。他提及，吉尔吉特峡谷中游荡着诸多游吟诗人，里加收集的那些带有当地元素，例如一些情诗有着共同主题"被夺取睡眠"，常运用在三天三夜的婚礼音乐中。这说明，里加参与过吉尔吉特的寻宝活动。此次的路线则更加明显：里加提议，既然曼谷碰不到，那不如约台北，之后他便要转道去印度，由印度至巴基斯坦，重游历史上可以划分在古西藏王国（Old Tibet Kingdom）里的那片区域。

飞机上我以灯照安娃阿里卖给我的那只珠，专属于座位 47K 的射灯准确地由头顶洒下，落于两个指头捏住的半透珠，它好似一只虫，当然，也是瑟丝虫的一种。安娃阿里在吉尔吉特的峡谷里捉住它，钓鱼时顺手清洗泥灰，露出眼睛图腾，或许也不是眼睛，只是虫身上的斑纹。他将珠掉了个个儿，发现与那眼相对应的反面还画有方形图案。我不喜欢珠子猎人的称呼（天地眼），情愿叫它圆与方形的双线虫。对于巴基斯坦人安娃阿里来说，它是犍陀罗文化晚期的产物，不算什么虫；而西藏人认为它是虫中比较好捉的那一类，由于透光且只经过一次染色工艺，它的名字叫措丝（chung dzi），广泛分布于巴基斯坦，并且几乎都是从土里掘出来的，身上带有石灰侵蚀的痕迹，甚至埋藏得太久，花纹脱落。长沙曹（女巽）墓中曾藏有一只折线型的，与我手上的是同一族系，仅花色有别。安娃是个轻松的行脚商，边钓鱼边谈价格，晚上回到歇息处又发来些照片，光线不足，屋内中央火盆中点点红光跳跃，珠虫随时要融进地毯花纹似的，蠢蠢欲逃脱。中国城就有专汇现金的柜台，我将赌骰子赢来的钱汇给白沙瓦安娃的母亲。安娃发誓绝不骗我（以妈妈的名义，当然，还有安拉在妈妈之上）。老妇人收到密码，取钱兑成美金，珠虫即在就近的大巴扎寄出，先走雪豹邮政，到卡拉奇港口转为国际快递，经迪拜飞往中国城。

我算不上珠子猎人，即使清楚他们的方式。比如分辨一粒珠是否经过佩戴，除了氧化层之外，最准就是用放大镜看孔道。我算不上珠子猎人，只因一粒珠我最喜欢它的孔道，它的 ID 或价值并不紧要。有的珠为大孔道，层层螺旋纹，长期佩戴，绳子纤维已将孔边缘磨得光滑且低，灯光下看，像糖在融化中。有的珠原先以金属丝穿系，孔道极细，好似一只细小的嘴咬出来的。往往孔道是由两头向着中间打磨而成——想象两耳间终于由着一只嘴咬通，两滴水钻入岩石游出一条路径。滴水由砂所携带，砂连接当时最精确的钻头，终有一刻，声音与光亮得以传达，由这一端掉入那一端。安娃用纸将珠虫裹紧，塞入空茶叶罐（中国珠茶），照样卡在海关拆了查验。其实类似带有花纹的小虫法国人也应该见过，就在卢浮宫印度文化的玻璃柜里。安娃只随手淘洗了珠子表面的浮土，孔道里的干泥尚未清理，我用一根硬绳一点点穿过它，待绳子由另端冒出头，再换根稍粗的尼龙线，来回拉动，如此将干泥清出。它本身是半透明的，对着灯看，孔道中的连接点清晰可见，两个螺旋对得不甚准确。打通的那一刻，工匠即收手，不再打磨。飞机上，我再次检视这极狭的通路。我将珠虫从塑料饭盒里捉出来，对着灯，屏幕上显示飞机已至亚洲，隔壁座位的乘客睡得正沉，机舱里一片昏暗，逃生箭头一个叠一个闪烁，指向机身中段的安全门。

珠子猎人最爱收取现金。有的小地方既无分行也无提款机，只在杂货店中设有现金的柜台，直接兑成当地货币或硬通货美元，随提随走，更何况不明大额银行进账总要被税务机构抓查几次。里加说，唯一风险是碰着强盗。安娃则无所谓，各地大巴扎中都有他兄弟的铺子，移动办事点，好比猎人总有间小木屋存放净水干肉，他去大巴扎把卖珠的钱换成红宝石祖母绿，以青金石首饰找零。某回安娃在喀什遇一个心仪的回鹘女孩，打算用一串青金石项链讨好她，他又念了几行乌尔都语的吉尔吉特情诗，自译为英文的，语气接近散文文体，倒比里加的版本更动人。不晓得他为何要向我倾诉一番，既然知情，不妨分享其中一句：

"汝不懂我，我诉以情，汝只见其词。"

那青金石项链是次等货，石质中闪烁着稀少的几点金星。

我与里加不熟，算听他讲故事的诸人之一。现金汇款柜坐着位金边阿姐，挂一副玳瑁边眼镜，好严谨，她问，收款人里加，美国人，汇往印度北部，你可认得他？我答，实不相瞒，不算认得。阿姐盯了我一眼，这钱汇出便不好回转，知情否？我点点头。后面几位持着一把零钞整钞的弟兄等得颇不耐烦，他们要把做工钱汇至老家，只留一点现金生活，眼下，又是月底，小小的柜台前面排起队，看我不着四六地讲话，脸上更显出点不满来。阿姐再问，你为何汇钱？我想了想，买珠。终于有人插话，阿姐，别人要怎样就怎样，关心不管用的。像是我必然要受骗似的。空气乱糟糟。人们身上本来就带着到了黄昏的汗气，一旦激动，又发散出微妙的臭味。可众人大体愉快，赌摊消失，眼见着现钞增长了一些，甚至有几个赌友忘了当时输得口袋空空，当场相认。阿姐查验我的护照，对着我的脸又瞧了两眼，终究还是同意办理了。走出去刚要传提款密码，恰巧遇见才哥。才哥问，好吗？有无做工？寄钱回家？我不好说将剩余的赌骰子收入全数汇给珠子猎人，只笑笑。才哥见状不再多话，唯请我一餐金边粿条。

台北暑热的街道，刚洗过澡，又出一身汗，这汗轻盈，连湿热空气都镇压不住的。天色微暗，吃食种类众多，我的眼睛却寻着金边粿条，必定是一种怀念的错觉了，我摇摇头，不至于，我心中暗想，不至于再回到寸步难行的中国城，只凭故事与想象完成捕捉珠虫的行动。然而我总不算珠子猎人的。

3

我不知里加长相，他算不上珠子猎人中顶出名的。猎人须具有隐蔽性，十分合理。安娃将一寸小照摆在珠子边一道展示，发誓哪怕逃至吉尔吉斯斯坦也能认出他，保证款到货到，然而他留着小胡子略宽的脸随便在哪个大巴扎中便隐没了，喀什至少有一千个和他长得一模一样的人。言归正传，快到与里加的约定时间，我在小巷中转悠，按地址找到一片住宅楼。已是黄昏，太阳未有下落的意思，只是此地的人开始松弛，沿街餐铺也准备开张，我一一穿行之，至一间文具店，或说杂货店更为贴切：门口蹲着一台冷柜、一台饮料柜，最里面的墙上挂有些制好的锦旗与奖牌，角落的盒子中随意堆着公章坯子，我顺手拿起本九因歌诀练习簿，老板稍瞥一眼，没作声。六点，里加没出现，我只好买支雪糕，同那本练习簿，在店里多消磨一会儿。二十分钟过，我又向老板确认地址。他讲话腔调与越南理发阿姨相似，店内没有其他人，冷气机嗡隆隆，不知为何，没有任何一个放学的孩童走入买冷饮。老板抬抬眼皮，终于交给我张小纸条，是里加的留言，嘱我去附近一家百元热炒。见我疑惑，老板透露说，里加昨日到，今日出门办事，托他传信，又努努嘴——就住后头。我说，楼中？老板略一点头，多说一句也嫌烦。这片住宅区许多旧楼，我想里加的落脚点必设于此，便又问附近有无收取现金汇款处。果真老板虚指，西联就在前头。

索性散起步。此番来台北没通知朋友，想来他们对 Idar 珠调查兴趣缺缺，况且调查还没头绪，更不便打扰。几个月前，我在网络书店找到一本罗拔刘的二手书，一九九五年出版，刊出不少世界各地有名珠种的彩图。喜马拉雅–印度那一节中，有蚀花红玛瑙、经过糖化染色的天然玛瑙、镶蚀线珠、天然羊眼（luk mik 珠）扁平玛瑙、邦提克珠、零零散散的珊瑚南红蜜蜡珠，似乎与 Idar 珠无甚关联，一一介绍颇要费一些工夫，便不再罗列知识了。另几张照片中是典型的藏式饰品，颜色大胆鲜艳。一混搭串饰：清代汉地翡翠片、黄金、珍珠，碧玺中缀着两颗措丝类的虎牙（tiger teeth，中间有闪电图案）；另一项链中的主珠为所谓的至纯天珠（pure dzi，台湾定义）的四眼天珠，罗拔刘注，此类珠在美国市场上可售两千六百至八千四百美金，数字如此之具体，想必他也是珠子猎人。第八十四页下方倒是有一颗九眼至纯天珠仿制品的照片，说明如下："此珠为九眼天珠，线条刻画分明，珠体半透明，经过分析（analyse of penetration castes of Kenoyer）证实了吉米阿兰的猜想，此乃 Idar-Oberstein 产品。"

百元热炒店宵夜为主，开张是开张了，时候尚早，十几张方桌空落落，一个人都没。从出菜窗口望向厨房，静悄悄。老板坐在柜台后的高转椅上，移动屁股，翻动着半拉空白账单本，大概例行想象着今日会怎样的生意兴隆。仍不见里加。我们在论坛中的留言箱交换信息，他说自己已不用脸书，也不在那上面做生意，巴基斯坦佬他认识几个，瞧不上他们总发些戴雷朋眼镜的自拍以及赚到一点钱就去马来西亚或者迪拜花销。没智能手机也自有法子碰头。我问，如何认出你？五分钟后他回复，珠子猎人和其他人可太不一样了。我寻思着在百元热炒店对面那家卖贡丸汤肉羹的小摊位坐下来，要一碗汤，选取最佳监视位置，这样他明我暗，不至显得太蠢。片刻摊主阿姐问，要不要加点青菜？您不是游客喔？我不由认同起里加的理论来，不过，也说不好哪儿不一样，只不过与背着书包的学生，刚下班的中年男子与一来就热络聊天的街坊同坐，的确有些不自然之处，即便在夏夜刚开始时与他们一道享受着松弛的晚风。

有的是时间咂摸这滋味。像小公园支起桌，白灯圈出一层层低着等开的脑袋，遥远节日般，总是想要踏到欢庆气氛里去，结果无非赢钱输钱。赢钱多加一份肉，输钱则只吃五欧的 pho。深夜人散，气氛荡然无存，咂摸一下，其实只有开头五分钟热闹。也像我见里加，总跃跃欲试被某种东西驱赶。他卖我的那粒珠是假的。假不假不紧要，一日，我偶然读到他发的一则故事：某英国无名氏在阿富汗买了一批希腊化文物。公元前一世纪时，大量松石被开采，从北方草原到中亚地区，取代了玻砂与釉砂混合的天蓝模拟品费昂斯。无名氏的采购中有批希腊金饰爱心，正是由瓷度极高的松石打磨成爱心形状，镶嵌在薄金皮中。无名氏身穿英国人标准式的白色麻布三件套西装，头戴巴拿马帽子，携仆人一名，骑马取道白沙瓦，意欲回印度，途中为吉尔吉特强盗所杀害。仆人自行逃命，甚至有可能就是他串通了强盗。总之，这批统共不到二十粒的蓝色爱心实在细小，遗落在死者身边，未被发觉。故事末尾，附上照片，乃是里加自己收藏的希腊爱心，照片是用索尼傻瓜相机拍的，右下方显示时间二〇〇六年。寄到时，碰巧我又有机会与托马碰面，他就着放大镜将这颗蓝绿相间的心仔细瞧上一番，问我是否容许他动手。我点头，尽管。他剥下包裹心的外层金皮，展示说，这皮子是用罗马时期金饰的残品重新融化打薄仿制的，许多小颗的所谓罗马金珠者，皆是同种赝品。喏，托马抠下内侧里残留的黏性物质，是蜡，为了固定松石。接着又将心取出，打磨得薄薄的片状物，背面有一丝机器抛光的痕迹。我再给凯琳看，凯琳笑讲，她也听闻过这位喜爱吉尔吉特情诗的里加——但你别怪他。他作假不是想骗钱，而是为让故事真。

夏季入夜快，一小时不到，节日气氛就又随着余热未尽的空气缓缓泛起，天空最遥远处仍明亮，像人们不知道的地方正在发生料想不到的事。百元热炒里逐渐坐满，连个独身客都没。我观察起每张脸，新鲜的、探头探脑的、太过熟稔已点过百次百元热炒坐下就呼喝起来的，都不是里加，甚至我也留心了谁在留心我，食摊上坐了好一会儿也不再继续吃东西的家伙总会被注意到不是吗？我放松肩膀，晃晃头，努力显得悠然，假装职业间谍，这只是几十年接头任务中最无关紧要的一桩，想象力一旦丰富，周遭一切像是被镜头摄入，一双与我与珠子都无关的眼睛缓缓扫过这条陌生城市中的小街，人们水流似动着，交谈，交换，笑声，啤酒泡沫声，碗碟落在桌上当一声碰撞——反而属于自己的眼睛垂下了，不过，假如有人注意我，我会第一时间觉察到：不远处也有个目光移动着靠近，在入夜的音乐里发出了别种声响。我抬起头，是条浑身卷毛的流浪狗，小心地沿着腿脚，桌椅和凸起凹陷的杂物走过来，想要寻些食物碎渣。我撇下一颗贡丸专门给它。小狗和这粒小球玩了好一会儿，才用侧牙嚼着吃了，又低着头朝别人的脚跟附近嗅去。我也玩起钥匙扣上的珠子，就算里加的故事真，和 Idar 又有什么关系呢？似乎毫无关联，似乎又有点什么。

回到 ×× 商旅时快凌晨两点，糊里糊涂和里加接上头，饶是我动用不少想象力，也没猜到他是东南亚人，看不出哪个民族，他说他泰国混巴基斯坦，故而眼睛细长，皮肤黝黑。他上身罩件格子布长衬衫，脚踩橡胶凉鞋，十年都不会穿坏，他推销道，轮胎改作的，鞋底还带有轮花纹，不会打滑，适合走长路。百元热炒店中已坐满续摊喝酒的人，我们学其他桌，叫半打台啤，吃生鱼片、丝瓜炒蛋、姜丝蛤蜊汤，我听得不少碎故事。里加讲话过于跳跃，由不得不拿出九宫格记事本记下一些要点，但今夜已懒得再想。××商旅换了夜班前台，不再是那个爱拖地的，一位戴眼镜的中年女人找出带着塑料门牌的钥匙递给我，同般冷淡，也不坏，深夜，满肚子凉啤酒，隐隐带点时差的头痛，并不太需要过于和善的招呼。身后还有一对入住的男女，男人唱着日文歌，年轻女子帮他和音，摇摇晃晃走得极慢。他们脸上笑着，不停地亲嘴儿，歌声调子却有点哀愁。也可能我听错，他们走进我隔壁那一间还在唱着。我关上门，听不到那调子了。房间在楼梯拐角，甚为宽敞，形状却不规则，一扇窗户也没，正中是张圆形大床，冰箱内两瓶台啤，床顶有面大镜子，清清楚楚地照出了我的形象。

四点时哼唱复起，听不真切，或许由楼梯间半开的某扇窗传入，再穿过墙壁到达耳内，咿咿呀呀不得休，异国小调都差不多，软绵绵的仍哀愁。我洗了个凉水澡，翻开九宫格本子，百无聊赖打开电视机，只有内部频道与外部频道两种选择，内部频道得按扩音按钮方才现其真味，是配上沙发电子乐的色情台；外部则滚动播放着前日新闻：一位男子梦游闯入超商偷吃生肉拒不承认，店家与警方无奈之下只好回播录像，男子看后大为惊讶随即呕吐。宜兰三星葱因天气太热雨水过多减产，葱油饼或涨价。某泰劳工地宿舍聚赌。镜头切至警察搜查现场，俨然一张花花绿绿的赌纸与巴黎小公园赌摊一模一样。我来了精神，拍拍脑袋，一键跳转内部频道，将音乐声调大，穿衣出门——好生糊涂，忘了取洗的衣服和《时间树》。

　　街面上的水点子快干了，只留一层浅浅湿印，是夜间落雨了吗？玩乐一夜走得摇摇晃晃的中年男人们大概不曾注意到这场雨。一间半敞开后门的KTV断续传出几个音符，属于夜间的音乐已至尾声，他们一会儿就要去附近的旅社，商旅，酒店吃早餐，小鱼干味噌汤蛋卷炒高丽菜一应俱全（来自酒店前台的介绍，早餐服务是他们的特色），吃毕直接上班。洗衣机皆停，静悄悄。我的衣服被好心人放入篮中，带着股烘干后的灰尘味，皱巴巴的。诗集不见了。

3-1

　　二十多年前，陶金花受邀，携四首诗参加此地的诗歌节，现场用汉语朗诵，颇得好评，朗诵多少能收获些赞叹吧，即便已无法想象陶金花当时是何种语调，又，翻译成汉语的越南话诗甚少，至今日，十三区华侨仅仅每逢佳节创作几句老掉牙的旧体诗，往往对新诗不屑一顾，若非越南现代文学的研究者，大概没兴趣阅读时间树之类的书。

十三区舒瓦西一栋高楼中每隔两周开办一次越南话现代诗小聚会，他们也用越南语演出红楼梦小剧场，广告贴得哪里都是（理发店也不放过），光顾者却寥寥。其中几位讲汉语，另外的则是移民二代，只讲法国话。我照着广告上的指示，于"总卖最低价"的利得乐（LIDL）超市正门处搭扶手电梯上去，左拐，路过家总是暗沉沉，好似宴会厅铺着红桌布的 pho 店，走几步就到一间玻璃门的工作室，白天那儿都是些学画油画的老人，晚上做剧场。隔壁是个跳舞场，舞种挺多，萨尔萨、交谊舞、探戈。诗会动过心思租用，可屡次只得十几人看戏，不若打消念头，别要贪心不足蛇吞象。我取出《时间树》，讲汉语的一位面露不快，不知是讨厌书，还是将我看作某类异域风情爱好者。冬日信即是陶金花所携四诗之一。稍后她卷入诉讼，被指控在异国的诗会冒充原作者，偷窃越南作协主席有请的名作。陶金花申辩道，早已表明自己是译者，全怪举办方弄错。我们由此可推测，她的汉语仅够译诗，不够沟通。二十多年过去，网络上几乎不曾新增越南诗汉译，流传的几首仍署着陶金花大名。

　　某不知名的洗衣客取走《时间树》，大概算得上有请第二次被引入台北。我再次回到 ×× 商旅，换上干净衣服，仰头望向镜中的自己，还算整齐，心中默默对阮忠山致了一意。

4

迪化街，无所事事转了一圈，买了罐八仙果抠出一颗含在嘴里，又在路边看人做青柠薜荔冻。这儿虽带有南洋殖民地风格，整条街都是红砖房子与回廊，其实与大巴扎并无二致，刚好应了迪化一名。里加与同来的青年已不见了一阵子，我们打了个招呼，他们就熟练地绕过一堆堆樱花虾干、鱼胶、瑶柱、花菇、乌鱼子、姜母鸭料包，隐入昏暗暗的店铺中。云层低垂，若不在东南亚地区，很难见到这么低的云，好像要把水汽再集中，压入人体内一般，做饮料的又压破一只柠檬，清新的酸液溅开，他从桶子里舀出半杯碎冰时，暴雨即倾泻。我小跑几步，躲入廊中，店家们急着把摊在露天中的干货收进去，慌忙忙扯下写有"南北货"的小旗帜。辛香料味在雨中尤为明显，中亚的荜拨（长胡椒）、大茴香、孜然并未受制于沉重的水气，使得这条街在雨中显得活泼，哪怕工作日人不多。我沿廊下走，玻璃柜台中供着扎着红绳的东北参，玻璃罐泡各种酒，大大小小的灵芝堆成山，忽然让人有种清晰且熟悉的错觉：此处折叠的褶皱中藏有一个极为微小的事实，它像灵芝上的灰尘或者人参红绳上陈年的污渍，属于众多事实的一支或一粒，它却恰好是眼睛想要寻得的。眼睛一旦获得满足，褶皱便重又被覆盖，眼睛仅满足于看到，不负责思考。故而我已看到了所有我想看的，只是并不知情。热闹的暴雨里，我再次体会到兴冲冲的无意，身旁有只大罐，透出一股子檀香味，这瞬间，离 Idar 珠的秘密如此接近，可不能细想，一旦大脑运转，这粒事实微尘便被万千雨滴中的一滴坠着落在地上，太阳一出，就要消失得无影无踪了。

听见里加二人在某个门洞内谈话，在寻一种糖。店里多半在卖台南甘蔗汁凝结的黑糖与外地产的黄白冰糖，他们觉得这些糖制出的效果并不好，非印度所产的饴糖不可，其较为接近我们所讲的麦芽糖，不过更具有药用价值。《糖史》已对从古到今各类糖做出细致的说明，便不赘言了。他们要用这糖给玛瑙上色，加热后焦化的速率是关键，今日大部分可寻得的早期深色玛瑙均以糖上色，深浅不一，有的呈浅咖啡色，有的透出红色，这便是吉米阿兰介绍过的染色技术：一些珠体本身为白色或半透明的浅色调，并不白化，直接"糖化"，对光看，珠体中玛瑙纹路清晰可见。天珠制作则复杂得多，它经过白化——染色——再次白色腐蚀的步骤，从而刻画图腾。里加拈起糖块，放入口中，他一尝便知质地，旁边的青年也学样，两人含着糖，撑住柜台，一言不发，若有所思。老板有点摸不着头脑，只盯牢他们。我瞧见青年的腮帮子鼓起一块，里加突然张口讲，不要嚼。青年嘻嘻一笑，拍他肩，回头发现我也在，便指着里加说他是"珠子科学家"。

笑嘻嘻的青年将十公斤饴糖放在小摩托脚踏板上，又邀我坐在身后，他上了瘾般，不时从塑胶袋中摸糖含住，甚至在等红灯时反手也递给我一块。我好久没吃过糖，尤其是这种单纯的糖，不带任何水果味，它的确经不住咀嚼，很快化成黏在上颚的薄片片，让人忍不住试着用舌尖舔它下来，遂忽略了街景。台北小街道看起来一模一样，青年的摩托上播着《恋曲一九九○》，他头也不回，我们俩心照不宣一道哼起歌，路经好几个似乎先前已见过的水果摊、槟榔铺、百元热炒、传递里加信息的杂货店，老板漠漠然的脸一闪而过，再转几弯，我们下车上楼，到了"珠子科学家的研究所"。

里加明显更谨慎，但他并没有欲盖弥彰地收起桌子上的坩埚温度计与一些散碎的玛瑙珠，只将床铺上面的小工具和衣服扫到一边，我们并排坐，开会讨论。

你对 Idar 珠了解多少？

我取出那半颗，里加用放大镜仔细看了，哼一声，果然是一代之前的产品。也就是说，二十世纪初的版本。青年又笑，见我不解，他挠挠头，指着坩埚中一团焦炭讲：

我们正在研究最初的技术，也就是措丝之后至纯之前的烧制方式，感觉还是没完全掌握，不过，目前我们算是三代四代中的做得最好的。噢不，第四代还没有正式发布，可能会直接跳过，达成最为接近初代的仿作。

见我不解，里加举了个例子，吉尔吉特婚礼上经常吟唱一首情诗，作为新人入洞房的序曲，其后人们在门外继续弹唱作乐一整夜至黎明，以表达夜晚之音乐永不会止歇，黎明时这首关于"失去睡眠"的情诗会再次被吟唱。它最初版本，在定本以前其实是个黄色笑话，意即"睡眠是个好东西，见不到你或是见到你，我都无法享受它"，转化为诗是"见到或见不到你，我失却了两种睡眠"，进入洞房前人们用诗表达文雅热切的恋情，而洞房后，则变为心知肚明的玩笑。"失去睡眠"并非唯一的主题，在反复的吟唱中，它的最初本也不是最善本，如何既文雅又色情，还取决于两位新人怎样弹奏生命的琴弦。

青年补充：同理，假设至纯天珠有个最初版本，但第一代才是最善本，接下来的三代都是对一代的仿作，那么一代从何时开始才是你要寻求的重点。他将手指放在嘴唇上，不再多说，只是又笑。里加亦面带微笑，似乎仍沉浸在吉尔吉特的世界中。

5

　　我在德国托马处偶然听说过纳粹天铁佛，当时未有留心，百元热炒店里，里加又提起，到时约你见台北的某个知情者。这尊纯属西方人臆造的佛像为何会与台北有关？我百思不得其解。早就有论文揭露出它并非早期造像：比例现代，连佛的裤脚也开衩，早期佛像怎么会有裤脚？等等，这分明是二十世纪初的裤子。而它被捏造为纳粹西藏考察时带回的样品之一："与当地人的头骨，画像一道，它的开脸也证明着雅利安民族的喜马拉雅起源。"托马提及此事，是由于至纯天珠的某些图腾具有某种难以言说的现代感。我二人一时无话。很奇怪，当你接触过一些世界各地从古到今的珠子，就会产生直觉，这直觉也是几何的，图腾的几何形状带有极度压缩感，它不仅仅是简单的符号，更是经验的抽象体现；任何现代人将抽象再复原为经验皆为徒劳；它的排列，正如街道两侧的房屋剪影与月牙儿的相对位置，你一抬眼见到，反复见到，遂产生它本该如此的道理。每一年新生入学时，我的老师都会照例解说祖荼罗（tantra）与陀罗尼（dharani）的定义，但我总是不能理解，这些咒语，所谓抽象的语言，何以对具体世界产生作用力，尤其一些音转为汉语的陀罗尼早已不可译，无法追寻到它的原文，即，只因念诵者的"音"产生力。如果抓住一粒珠虫，等同于抓住一段符号，等同于童年时手握果核如同皱缩的世界。那么，当时你双眼所捕捉到的，是否转化为同样的"抽象"事实？如果有人相信特定的声音在特定的环境中，可以呼召来什么。而我又如何抓住这些逃逸的微妙，哪怕它们并无半分启示？托马讲，现代人发展的纹饰永远是对最初经验凝结的某种拙劣解释，事实上，真的天珠永远不会超出某些线条的特定范畴。

以上是大脑试着为眼睛解释所自动产生的话语。我躺在圆床上，眼睛已闭上了，不再凝视头顶镜中的思绪。

买糖一别，里加连续十多天没找我，连珠子收藏论坛的站内信也不来一封。我只得待在××商旅等他消息。拖地的前台也不见了，据说他不堪徒然打扫主动离职。旅游淡季，客房不满，大家好奇我怎么不换房间，总是白天转悠一圈后单独回房。早餐的高丽菜是我的最爱，偶尔我也喝一碗味噌汤，汤面只飘着几粒葱花，半个月过去，不知宜兰的三星葱是否摆脱险情。东南亚的冒险生活不过尔尔，燠热的夏季使人疲倦，我想要找到里加与那个青年的

"研究所"，但屡屡迷路，遂又去杂货店门口附近晃悠，连续几天，不见老板踪影，换一个年轻女生看店，小孩放学都进来买冷饮。我也拿罐可乐，靠在门口柜台上望了一会儿，忍不住问那个女生，您是来打工的喔？女生说，这是自家的杂货店。我问，之前是您的父亲？她一脸困惑，我爸要是工作就好了，都在附近咖啡馆蹭网。我退出店门，没错，就是这里，那我看到的老板是谁？我还记得他的长相，方形的略让人讨厌的脸，一副事不关己的表情，目光总由人的头侧飘过，盯住你身后的某物。唯一的不同是店子檐边新挂了劣质的玻璃风铃，应该是货架上胡乱摆放的一堆杂货中的一串，一有人进门就丁零零响。我无法凭记忆找到里加的藏身之所，胡乱走着，路过哪些地方亦不知，招牌切割的世界里，只得又思索起线条。天一黑便困，实际上在没有窗的房间中，也无法感知天黑，一躺下即刻入睡了。

有篇新发表的论文，作者名叫巫新华，分析了帕米尔高原出土的措丝天珠——大多为黑白间隔的长形珠体，其中一枚圆形扁珠，上面有类似眼睛的图腾。巫新华指出，根据墓葬的年代与特征，这些天珠与佛教信仰以及西藏毫无关联。黑白间隔珠，珠子猎人称之为措丝线珠，西藏人觉得那是珠虫的早期形态。珠虫是怎么跑到西藏被捉到的？他们也讲不清楚。公元前两千多年珠虫开始活动了，铁器时代再陪伴着带有拜火教特征的早期宗教的信徒们长眠于地下。同个墓葬群还出土了带有圆圈符号的青铜器，意味着，圆形扁珠（luk mik 天珠）上的并不是眼睛图案，或许仅仅指"太阳"。另外，排列整齐的黑白石堆，数量相等的黑白石子都与光明黑暗二元观念有关。黑白间隔的图案亦非虫身的纹路。也许是虫成为虫之前，表现光的谱系，光在黑暗世界中的波纹。这与其后人们对至纯天珠的图腾解读完全不同。我在建国花市（古代艺术品交流市场）和大都会古玩城看到许多初代至纯天珠之后的仿作，绝大多数是里加与青年说的二代，甚至是他们自己炮制的三代。初代始于何时？为何它们叫"天珠"？藏语里的"措丝"，写作 chung dzi，回溯至于三国时期的汉语，dzi 最早的对应译名是"丝丝珠"，可能指玛瑙中缠绕的丝状花纹，chung 又何解？西藏人益西同我讲，或许为方言一种，意即"半透明"。我问他们都将哪些珠虫称为dzi。益西心思在赌博上，懒得搭话，他叫我再去拿一杯威士忌，喝一大口，眼睛终于从骰子上挪开，盯住酒，琥珀色的酒体如同糖化颜色最淡的玛瑙。酒在杯子中竟也缓缓旋转着，由于密度不同，一缕缕缠绕于冰块间。益西笑起来：这是丝丝。丝丝就是酒。

6

　　最后一次见到里加，我就知道以后未必再遇到他。之前与他一道的笑嘻嘻青年也没来，里加说他去忙别的事情了，又问我接下来要到哪里去。我也说不好，或许我会变成一个珠子猎人，整个东南亚地区的珠子种类太多，年代跨度太大，一辈子也无法穷尽，我还没有下定决心进入循环的不停歇的找寻当中，一旦如此，时间只会是被压缩的瞬间，可眼睛还需要去看那些缓慢地平展开来的事物。里加坐在一张日式矮榻上，身旁层层叠叠堆积着旧货铺子老板从台南收集到的中古家具，我们待在唯一的一小块空处，倘若不是里加带我由后门进去，我绝猜不到这个永康街上塞满各类杂物的仓库到了九点以后就变为某种聚会场地。进门前，我做了打算，今日之后，不再去寻这些隐藏的地点，将自己的好奇心降至最低。之前的杂货店，黄昏中的那串已经有条裂纹的玻璃风铃，够让人感伤的，它的声音甚至已不清脆，很像陈哑的记忆之声，唯一作用在于提醒你：似乎忘记了什么，就在记起边缘滑动。这些隐约的东西是自行逃走的，因为你再也不像初有记忆的那会儿，一切都是新的，正踊跃加入进来。如今，脑中只能周而复始地摇动着三颗六个点数的骰子，进行组合。这组合面对着无法穷尽的珠子，古代世界中散在每个抽屉中的灰尘，已很吃力了。

里加脱下橡胶轮胎凉鞋，对整齐摆在榻边，光着脚盘腿坐着，他有意没刮胡子，将头发放下来，又从旁边的火缸中取炭点水烟，不一会儿白雾漫开，一晃神便错认他是个瑜伽士。杂货铺子老板也抽起日式一口香，旧冷气机运转，水烟壶咕噜噜冒着，烟管嘘嘘地出气，大家似在一个洞中。身旁有些旧卷轴，可能是殖民时期的日本人挂在茶室的，我一一展开，霉菌的气味散开，老板起身选出一张粗糙的山水图挂在冷气边晾着。不一会儿，他们都等着的K女士就到了。

我坐左侧小凳，老板倚靠于右侧的茶棚，K女士大概四十多岁，一来就上榻盘腿，与里加两两相对。过了几分钟，一位戴着眼镜的青年进来，他看起来有点紧张，果然，杂货铺子老板介绍说是他新认识的一位小朋友，特地来参加这次的讨论会。人齐了，里加点点头，K女士显然觉得主持权应属于自己，故意不开口说话，也不看其他人，卖弄起关子来。而里加似无所谓，闭起眼睛打坐。百元热炒里，他说到过去孟加拉国寻珠时也在人挤人的长途汽车里打坐，将凉鞋顶在头上，旁边挑着杂物与家禽的人默默给他让出了一点位置，汽车颠簸，家禽热得奄奄一息，羽毛间散发出一股臭气，但那人始终不肯将它们捆到车顶上，怕晒得死掉了。一路上，里加都能感受到家禽的思想，混在挤车的人的思想当中，如同清水一般清凉，由他的头顶凉鞋缝隙灌入头壳中。家禽始终想到的是死。

老板略微耐不住。我知道此类聚会往往有一个邀请人，将谈话者聚在一处，邀请人算是讲席里最末位，不做演说，但可提问，杂货铺老板即扮演这角色，他提供的场所远远不算精舍，可能时间一久，他也预备出一套讲说的素材。少顷，他果然咳了声，张了张嘴，讲，不如各位再介绍一下自己？我发现他忘了吸烟管，烟丝早就烧没了，他也不敢在火缸边敲一敲。里加稳坐不动，K 女士突然看向我，缓缓道，不必介绍，我只需一望，便能知道你的来历。你是从导师的地方来的。我有些迷惑，已好久不写论文，为何在这里又听见"导师"二字？我还在持续点开邮箱，查验印度人有否回复我，今日的确收到了导师来信，称我为"失踪人口"。见我出神，K 女士扭头转向里加，示意她感知得相当准确。我注意到她的脖子上挂着护身符，混合有大卫星、种子字唵、生命符、衔尾蛇和室娲嗣缔伽（swastika，"卍"或"卐"）几重图腾，这是专属于二十世纪初纽约神智学派的符号，她口中的导师大概就是布拉瓦茨基夫人（Madame Blavatsky）了。可如今多重学派累加的神秘派系基本都已过时，变成人们嘲笑的对象了，我不清楚K女士是神智学哪个层级的干部。也许她只是戴着护身符当作装饰品，就如里加目前脖子上挂满天珠。里加穿戴天珠的方式完全是台湾式的，莲花三眼放在最中间，天地眼中眼与天地双眼分别在两侧，并非藏式。今天我们还能见到民国时期一些藏人的照片，天珠两侧几乎都配有绿松石红珊瑚黄色蜜蜡等鲜艳的半宝石珠子。后来益西他们也受台湾影响，实际上是改变了他们对珠虫的理解。珠虫不再是旷野里忽然出现的、在可感知与理解的时间之外的物事，变成了具体可解释的模块化的信念，与神智学会的拼贴并无两样。

K女士觉得突破口在我身上，反复问我原所在地的方位，我回答得也很含糊——"北方"。她越来越兴奋，直觉告诉她，导师的信息亦是由北方传递而来。里加终于开口，果然他自室娲嗣缔伽开始谈起。其实在百元热炒店里他已经向我展示过一次口才。戴眼镜的青年若有所思，目前他猜不透里加谈符号的用意，却仍急切地想要插话。我认为，里加所发表的演说中有一些值得注意的内容，故凭记忆在此原样复述：

新石器时期的陶片上有室娲嗣缔伽图案，与极星有关，室娲嗣缔伽是转动的北极星星图，那时候它还没有确切的名字，自然也不会叫"万字符"，它体现了人类对星空的观察。佛教信仰中的室娲嗣缔伽从何时开始传播，是否与星图相关？希腊风格影响了巴基斯坦的佛造像，我们把那段漫长的演变时期称为犍陀罗时期。犍陀罗文化中，表示佛法僧三宝的婆罗米字母似一个双脚倒立的小人。在巴基斯坦，考古发掘出以腐蚀技术刻画的红色的玛瑙珠，上面的图形即是佛法僧三宝字母。这一造型借由佛教向南往诸佛国传播，被南亚塔克西拉文化沿用，印度的移民工匠以红玉髓、黄金、石榴石、绿色软玉等雕刻倒立小人。四个小人头对头碰着，旋转起来，又是室娲嗣缔伽图案。故而，符号的内涵意义一直在变化，而意义总不会超出线条的范围，故而一直被沿用。我们试着这么解释：室娲嗣缔伽图案乃是四个方向皆有佛法僧三宝。但某种程度上，它未必就丢弃了北极星的表意，只是后者被压缩到极微。一个符号上有几重信念的互相拉力。再至后期，四个方向的佛法僧或旋转星图被拉长，成为十字形，于北方草原传播，几乎所有十字上加圆形的图案都有可能是早期珠体与图腾的变形组合，包括生命符。叠加是出于不了解意义的流变，所有的意义实则为同一符号，只有这样，才可免于被分解，分解即意味着割裂了世界的整体性。

言毕，里加又开始咕噜噜抽水烟，眯起一双细眼，由打坐变为双腿蜷缩的姿态，我记起某类演说技巧强调柔媚之姿，使得听者因讲者表面的顺从而赞同。我不敢断定里加使用了此种技巧，但忽然地，我怀疑起他其实知晓 Idar 珠的秘密，那么他脖颈上的一大串自己制造的二代三代至纯天珠更像是讽刺了。我想看到他的眼神，烟雾从他口中进入，由鼻孔中喷出，他却垂着头，睡着一般。戴眼镜的青年双手微微颤动，几分钟后，他也发表了很长的一段，大抵是说，如果有一种源头一般的符号，代表着绝对的真理，或是这个世界的真义，且这个符号不增不减，那它是第一个声音。戴眼镜的青年推了推眼镜，下了定论：必然是诗。他看起来十分得意于自己的说辞，飞快地瞥了我一眼。

　　K 女士像没有听见里加的话，继续追问我有没有碰到过导师。我想了想，之前差点儿见到大师，可与会者众多，故而只在隔壁会议室看了现场直播，不算是碰到。也未等到大师现身于后门，根本就没有接收密法的可能。K 女士摇摇头，语气坚决地说，导师在这一世并不会以大师的肉身现身，他不是俗世中任何一个我们可知的王。我问，那你知道导师的名字吗？他可是法国人？可叫作纪尧姆多吉（金刚）或弗朗斯瓦次仁（长寿）？K 女士闭着眼睛又感觉一番，继续否定我的假设，只是告诉我，导师一直以来唯有一个名字，那便是 Dzyan，德子言也。

我记起来，德子言之书是布拉瓦茨基夫人的宝藏，她宣称在西藏或者其他什么地方旅行时着接收到了以神秘语言写就的秘密手稿，此语言只能在脑内交流，于是凭着神奇天赋习得，其后翻译了秘密手稿，由此更是发展出神智学的理论框架。可历史文献学家告诉我们，并不存在着一本德字言之书，至于德子言是符号还是一个人名，大家都弄不清楚。被拆穿了，布拉瓦茨基夫人又说，书中字句是另外一个神秘导师德伽库勒（Djwal Kul）口授给她的，这下倒比较接近一个西藏名字了，然而仍查无此人。K女士讲导师是德子言，着实让我吃了一惊，因为穿帮后，除了克苏鲁爱好者们，大概有一百年都没人再提起德子言了。

噢，不对，之前或许还有一位德子言的追随者，尼古拉·罗瑞可（Nikolai Roeric），俄罗斯人，他读毕布拉瓦茨基夫人全部著作，特地参观了圣彼得堡附近的金刚时轮道场，忽地认为自己是香格里拉王之转世，遂以各种方式联系西藏人试图说服他们，从未成功。途中他创作了许多山洞中开悟主题的画，并向当地的手工艺人定做了一尊以他自己形象为原型的佛像（或说上师像亦恰当）。恰巧他落脚的地方就有许多以铜铁锻打为生的手工艺者，他们接下订单后，仔细观察了这幅西方人的面孔，又如实描摹他开衩的夏裤。这尊像流传一圈，被捏造为纳粹西藏考察团的收获之一，最后落入维也纳某私人藏家之手，拍卖价格为二十万欧元。

我不太愿意告诉 K 女士，她并非布拉瓦茨基夫人之后德子言的唯一通讯人。只得继续与她一道猜测我到底在哪里碰到过导师。她提示我，于她内视的视线中，有一条长长的、满是中文字招牌的街道。相当接近了——不是舒瓦西就是伊夫里大街。我问她是否看到招牌上的字，她说除了德子言的箴言，任何具象的文字都是模糊的。戴眼镜的青年亦加入断言，认为德子言必定是个早期的嬉皮士。我又问，是否他神智清晰？许多哲人都是以疯子的面目示人的。K 女士也陷入沉思，她认为疯狂是导师的一个面向。或许是教我摇骰子的缡线秃头。或许是地铁口处摆摊的老者，鸽子落到他身上也岿然不动的。K 女士闭着眼，睫毛颤动，她不再像刚来那会儿咄咄逼人，反而握住了我的手，感受遥远的我曾经沾染过的导师气息。其实我猜是德子言是新乐园餐厅前一直站着的托钵僧，他每周六日都换上黄袍，微笑着向行人与食客乞讨，是个越南人。一次我给他一粒餐厅结账时随意取用的薄荷糖，他立刻剥开糖纸放入口中。我犹豫再三要不要告诉 K 女士，可又怕她真的去寻，将他当作导师供奉起来。那次吃糖聊天时，他和我说，他曾经也是这条街上开 pho 店的，可能是当时最好吃的北越牛肉粉，一日，他决定要当个托钵僧了，就这么简单。

7

与 Idar 最接近的一次，是去德法边境上莱茵河的矿石小镇圣玛丽矿镇与托马碰头。每年夏初那里都会举办宝石交流会，石子小街挤满人，时不时就见到戴着蓝色头巾的贝都因人，身着灰色或白色的长衬衫的巴基斯坦人和堆着厚厚的缠头布的锡克教徒。白天阳光十分剧烈，到了夜间，露水便从山上降落了，一些红彤彤面庞的本地农民燃起火堆，增加小镇节日的气氛。当时我仍为无纸人，凯琳也要节约开支，遂决定她来开小货车，由巴黎出发，开上六个多小时，晚上随便找个农舍借住。途中我们路过了许多几乎无人的村庄，凯琳说，这便到了中央平原，到了这一代，许多年轻人不再种地，选择去巴黎波尔多里昂这样的大城市打工。车窗外偶有一闪而过遥远的石堆与堡垒，凯琳亦一一解说，大部分我都忘记了，唯有一处方形遗址，原本位于左侧较高山坡处，车拐弯后，它忽地被抛掷在眼前，这是高卢罗马时期的房基。凯琳已预见沿途的小餐馆过了午餐时间就不会开门，果然它们门窗紧闭，木头招牌被大风吹的砰砰作响，下个加油站到了，她吃起自己在家准备的芹菜沙拉补充体力，我则买了一支白巧克力杏仁味梦龙。

凯琳是个健谈的旅伴，屡次我想在行驶平稳时继续读那本《暹罗与暹罗人》都被她打断。吃沙拉时也不例外，显然她对这简陋的一餐有些抱怨，遂说起曾经受邀去南部一位女继承人家晚宴的场面。女继承人在自己的城堡接待了几个巴黎来的古董商人，以感谢十几年中，他们持续服务于自己的品位。天黑后，却有司机接上他们，开往山中，小路尽头，可看到一轮快要达成满月的月亮，在苍绿色的灌木与云松衬托下，显出微红色。晚宴是在一座半废弃的遗址中进行的，女继承人只整修了会客厅，厨房与餐室，几个厨师在现代厨房中整饬出凯琳所吃过的最精美的菜肴，餐室一角仍保留断壁残垣的一部分，月亮恰好落在缺口处。女继承人喜欢于晚宴时分享最新寻得的珍罕之物，仆从取出木盒，其中躺着早期的极为简朴的小像。众人传看。凯琳摇了摇头，唉，那样的气氛，那样的菜，我们可不敢说是赝品。

小镇的晚餐倒也让凯琳满意，我们与托马坐在一处，吃奶油炖兔子和油炸青蛙腿，当地的河流中盛产青蛙，眼下就能听到它们在小馆子旁边的一条小河里叫着。气氛十分热烈，主办方请了一队乡村摇滚歌手，在田中支起台子，又唱又跳。托马要了杯茴香酒，暖暖身子，雾气与水汽让他腿脚不太舒坦。他讲起 Idar 出生的曾祖父，总以半躺的姿势在工位上蹬砂轮，砂轮以水力半推动，作坊下方也有一条这样的小河，小河里各种小鱼吃了打磨丢弃的玛瑙碎渣，鳞片变得很浅。他的曾祖父四十岁时双腿就不能站立，水汽浸染，患了严重的风湿，又因为欧洲的订单极多，荷兰人意大利人都忙着倾销玛瑙珠，眼睛也因不停地打孔钻眼而半盲。至去世前，他同时丧失了嗅觉与一部分味觉，只能尝到一种特定的糖的甜味。

火光与灯光中，山谷里飞虫聚齐起来了，扑得到处都是，有的还落在我们的衣服帽子上，托马和我说这是一种蛾，他讲的是德文，我没记下。过了一刻钟，我发现，它们正在交配，竹蜻蜓一般旋转，飞高又落下，甚至落于小河，被水流卷走。托马说童年时他在老家总也玩这种蛾，他显出些顽皮神色。蛾的数量实在太多，遮蔽了夜间天空。

小时候你都怎么玩它们？

托马向空中一抓，便捏到一对连在一起的虫，他一下子将它们分开了。

就像这样，他皱着眉头说，我很不爱这些恰好凑在一处的事物。

感谢 Sinial（李骏）先生，他于 2008 年开设"南洋淘金梦"网站（http://www.southeastasiacoin.com），并于 2019 年开设"南洋钱币志"公众号

图书在版编目(CIP)数据

天珠传奇 / 费滢著 . ── 北京：北京日报出版社，
2023.4

ISBN 978-7-5477-4601-1

Ⅰ.①天… Ⅱ.①费… Ⅲ.①中篇小说－小说集－中
国－当代 Ⅳ.① I247.5

中国国家版本馆 CIP 数据核字 (2023) 第 069174 号

特约策划： 冯　婧
责任编辑： 卢丹丹
装帧设计： LitShop
内文制作： 李　特

出版发行： 北京日报出版社
地　　址： 北京市东城区东单三条 8-16 号东方广场东配楼四层
邮　　编： 100005
电　　话： 发行部：（010）65255876
　　　　　 总编室：（010）65252135
印　　刷： 山东新华印务有限公司
经　　销： 各地新华书店
版　　次： 2023 年 4 月第 1 版
　　　　　 2023 年 4 月第 1 次印刷
开　　本： 787毫米×1092毫米　1/32
印　　张： 8.5
字　　数： 150千字
定　　价： 56.00元

如发现印装质量问题，影响阅读，请与印刷厂联系调换： 0534-2671218